贝页
ENRICH YOUR LIFE

寻找第十岛

The Tenth Island

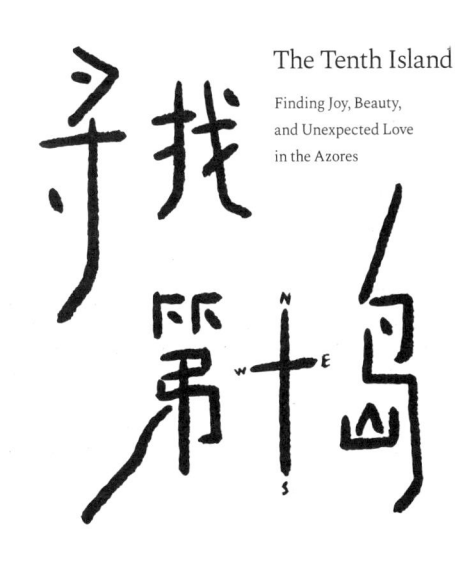

Finding Joy, Beauty, and Unexpected Love in the Azores

Diana Marcum

〔美〕戴安娜·马库姆 著

钱家音 译

文汇出版社

图书在版编目（CIP）数据

寻找第十岛 /（美）戴安娜·马库姆
(Diana Marcum) 著；钱家音译. —上海：文汇出版社，
2024.8. —ISBN 978-7-5496-4251-9

Ⅰ. I712.55
中国国家版本馆CIP数据核字第20244LF780号

The Tenth Island, by Diana Marcum
Copyright © 2018 Diana Marcum
This edition is made possible under a license arrangement originating with Amazon Publishing, www.apub.com, in collaboration with The Grayhawk Agency Ltd.

All rights reserved. No part of this book may be reproduced or transmitted in any form or by any means, electronic or mechanical, including photocopying recording or by any information storage and retrieval system, without permission in writing from the publisher.

本书简体中文版专有翻译出版权授予上海阅薇图书有限公司出版。
未经许可，不得以任何手段和形式复制或抄袭本书内容。

上海市版权局著作权合同登记号：图字（09-2024-0332）

寻找第十岛

作　　者	［美］戴安娜·马库姆
译　　者	钱家音
责任编辑	戴　铮
封面设计	刘　哲
版式设计	汤惟惟
出版发行	文汇出版社
	上海市威海路755号
	（邮政编码：200041）
经　　销	全国新华书店
印刷装订	上海普顺印刷包装有限公司
版　　次	2024年8月第1版
印　　次	2024年8月第1次印刷
开　　本	720毫米×1020毫米　1/32
字　　数	170千字
印　　张	11
书　　号	ISBN 978-7-5496-4251-9
定　　价	66.00元

献给贝弗和马克

"迷失在你希望的和你所见的之间。"

——约瑟夫·亚瑟,《在阳光下》
Joseph Arthur, "In the Sun"

写在前面

大西洋中真的有这样一座岛,每到夏季,公牛就在主干道上奔跑,每个人都有亲戚从加利福尼亚前来探访。墨菲(真名)真的吃了那些东西。穆迪(非真名)真的出了一身冷汗。本书中出现的那些火山、历史、故事、自然奇迹,以及看似不可思议的巧合都是真实的。即使到现在,我都觉得有些难以置信。

在我加利福尼亚的家里有一个盒子,它装满了我当记者时的笔记本,里面记满了姓氏、年龄和人们所说的原话。

但我没有怎么用它们。

渐渐地,我偏离了从新闻工作者的视角写一本关于亚速尔群岛移民群体的书的想法。因此,虽然我是一名职业记者,但这本书并非新闻作品。

对话源于我的记忆，是从我的视角出发的。我有时隐去了人物的姓氏，有时只用昵称，有时则彻底改换了他们的名字和一些明显特征。这是因为，虽然大家都知道我是一名作家，但书中的很多人并没有理由认为我会写关于他们的故事。

这绝不是一份有关亚速尔和加利福尼亚之联系的权威报道。不过它充满了真情实感。

戴安娜·马库姆

目录

第一部分

谷仓舞会 / A Barn Party　　3

低　谷 / A Low Point　　16

卡佩利纽什 / Capelinhos　　25

第十岛 / The Tenth Island　　40

哗啦，哗啦 / Ta-choo, Ta-choo　　53

绳子上的公牛 / Bull on a Rope　　63

跳水板笔记 / Diving Board Notes　　69

那么，飞吧 / So, Fly　　80

分享情史 / Kiss and Tell　　89

第二部分

修鞋店　/　The Shoe Repair Shop　　*109*

嘿，你！美国女孩　/　Hey, You! American Girl　　*123*

夏天的苍蝇　/　Summer Flies　　*134*

卡多佐夫人　/　Mrs. Cardoso　　*148*

悬　念　/　Mysteries　　*153*

作家曼利　/　The Manly Author　　*162*

向一无所有举杯　/　Here's to Nothing　　*168*

第三部分

跳过去! / Get Over! 175

雨 / Chuva 182

回 归 / A Return 195

利文斯顿行进乐团 / The Marching Band of Livingston 204

参照点 / A Reference Point 215

吃了面包的狗 / The Cão Who Ate the Pão 222

穆 迪 / Moody 231

失落的夏日之恋 / Lost Summer Love 241

安东的诗 / Antone's Poem 249

在舒阿大叔餐厅跳舞 / Dancing at Ti Choa 257

圣若热奶酪 / São Jorge Cheese 265

再也不见,巴尼 / Good Riddance, Barney 274

帝国小教堂　/　The Impérios　　285

错误的搜寻　/　A Misguided Search　　298

晚安，好朋友　/　Good Night, Good Friends　　302

田园牧歌　/　An Idyll　　309

留　下　/　Stay　　319

科里海鸥　/　Cagarros　　326

尾　声　/　335

致　谢　/　336

作者简介　/　338

第一部分

谷仓舞会

现在想来,这有些不可思议,就像要回忆起我儿时不识字时的情形,或是回忆起在我摔下自行车之前小腿没有留疤的模样一样,但在《弗雷斯诺蜜蜂报》(*Fresno Bee*)的一名摄影师往我桌上扔下一张一人两牛正在耕地的照片之前,我确实从未听说过亚速尔群岛。

这是在21世纪的加利福尼亚。

照片里的男人站在一辆平板手推车上。手机举在耳边。另一只手大幅地做着手势,一团团尘土在他身后打转。

"我太喜欢这张照片了。它是我开车路过的时候拍的,"摄影师说道,"你觉得你能找出背后的故事吗?"

"当然。"我告诉她。这张照片里怎么可能没有故事?

几周后，我前去这名农夫家做采访。我开车前往加利福尼亚图莱里县（Tulare County）的一个大型农场，在这里，一切都是大型的。大型卡车、大型皮带扣、大型牛奶场、大型筒仓、大型拖拉机和大型装货码头。这是尚未经历大型干旱的加利福尼亚，就连未耕种的田地都是嫩绿色的。我可以看到内华达山脉山顶的积雪。后来，积雪消失了，我便开始后悔没有再仔细多看上两眼。有那么一阵，雪看起来永远都不会再出现了，但我希望我的记忆不会随之消失。

没人在家，于是我开始在农场白色围栏旁的草地上伸展筋骨。广阔的天空在我的头顶上铺展开来，云彩的模样瞬息万变。一年中的其他时候，加利福尼亚中部平坦的山谷中可能炎热万分，但在好雨知时节的四月，我认为很难再找到比这里风景更美的地方了，草地青翠欲滴，简直让人怀疑起天空是真如这般蓝，还是说只是被眼前舞动着的草叶衬托得过分明艳。

这一周过得十分忙乱，我心想着，无论境遇有多糟，在室外躺下来看看天空总是个不错的选择。

一辆卡车开上了碎石车道。司机下车后用力挥舞着手臂向我打招呼，我便知道我要找的就是这个人。

他叫莫赖斯,葡萄牙裔移民,身材瘦而结实,看起来精力充沛。如果说有人是用大写字母带着感叹号说话的,那正是莫赖斯。那两头牛分别叫阿曼特和布里连特。它们长得十分相像,都是红色的荷斯坦牛,额头上有白色星斑。它们还没有完全成熟——年仅两岁,属于牛中青少年,分别重一千九百四十磅[①]和一千八百六十磅。莫赖斯用葡萄牙语叫它们右转、左转,它们都会照做。到了夜里,为了不让它们孤单,他还会放葡萄牙语广播给它们听。

我请莫赖斯在我观察他的时候像往常一样干活。"*Vem para cá.*"(到我这里来)他呼唤两头牛,牛便向他走去。他举起堂兄削制的木轭套在牛身上,再将轭的另一端勾在一块一千三百磅重的平板上,那平板由六个嵌入土中的金属圆盘支撑。

他高举一根木棍,像鼓乐队队长一样大步前进,两头牛配合着他的步调跟在身后。他从来没有用棍棒殴打或是用食物讨好来训练它们。自它们还是牛犊时起,他就带着它们走,用棍子作视觉引导,教它们何时右转、左转,以及停下来。

[①] 1磅约等于0.45千克。——编者注

"这些动物实在太聪明了,简直不可思议!而且它们爱我。这几头牛都爱我。只要我向前走,它们随时都会跟上。"他说。

阿曼特舔了舔他,似乎是在表示认同。

莫赖斯走在地里,木棍举在空中。两头牛拖着他身后的圆盘,扬起一团团尘土,尘土散去后,可以看到深深的犁沟。太阳散发出橘红色的光芒。人、畜及空中飞舞的尘土,这一景象就像创作于"大萧条"时代"工作救济计划"中的墙画,纪念着失落的农耕文化。

过了一会儿,莫赖斯停了下来,他跑向冷藏箱,拿出啤酒,砰地打开,随后又跳上平板继续犁地。

他用他的棍子敲了敲牛角上用作护角的黄铜套。

"*Levantem a cabeça.*"(抬起头来)他和牛说,牛照做了。

他的对讲手机响了。莫赖斯坐在牛的后方,聊起了生意上的事,顺手把弄着一个啤酒瓶、一部手机和两头牛。有人开着一辆皮卡经过,莫赖斯举起拿着手机的手挥了挥。

莫赖斯和两头牛花费三个小时犁完了用拖拉机仅需四十五分钟的地。中途他还让牛休息了一会儿,与此同时，他又喝了一瓶冰啤酒。

"这么做艰难多了。这就是工作。但你信我，相较于用拖拉机，和我的牛一起干活会让我更开心。"他告诉我。

结束当天的工作后，他跳下平板，落地时像体操运动员那样把手臂高高地举过头顶。

"这就是我的生活！"他大喊道。

他说，他一早就拉着牛干活谋生，能挣不少钱。他买得起拖拉机。但牛是他与他少年时告别的"故乡"——亚速尔群岛相连的纽带。亚速尔群岛属于葡萄牙，由九座岛组成①，被大西洋环抱，距离陆地最近处也有近九百英里②。他犁地的方式依照的就是他童年时岛上居民犁地的方式，据他所说，那里的人如今仍然这么犁地。

他从卡车的手套箱里抽出一本老旧的红色相册，给我看了亚速尔群岛的照片——绿色的田地被一道道淡紫色的绣球花树篱分隔开来。他还给我看了海浪拍在黑色火山岩

---

① 这九座岛分别为东部的圣米格尔（São Miguel）岛和圣玛丽亚（Santa Maria）岛；中部的法亚尔（Faial）、皮库（Pico）、圣若热（São Jorge）、特塞拉（Terceira）及格拉西奥萨（Graciosa）诸岛；西北部的弗洛雷斯（Flores）岛和科尔武（Corvo）岛。——编者注
② 1英里约等于1.6千米。——编者注

上的景象,他的老家就在海边,每年夏天他都会回去。

"那里的空气尤其纯净、清新。大海就在眼前。总有新鲜的鱼,捕到就能吃,土豆也好吃极了,你肯定觉得难以置信。"

"我们会酿葡萄酒。穿上短裤跳进桶里踩碎葡萄,做完马上就喝,有果汁那么甜。每年我们从那里回来后都会发胖。"莫赖斯说。

他对自己的岛上小屋爱得极深,以至于每年夏天结束离家时,总要叫别人来帮他关家门。

"我来自我的故乡。我在这个国家没有上过一分钟的学,但我仍然在此工作且过得不错。我爱我的钱。上帝保佑这个国家。"他说道。

"但是每当我离开那里的家,关上家门时,我总是会像婴儿般号啕大哭。我拼命让自己不哭,但我总会哭。"

他告诉我下周末他将举办一场派对,如果我想一探亚速尔群岛上的生活,我应该带着朋友来参加。我将没办法把派对经历写进我的文章里了,届时它应该已经见报了。我不在意这一点。我更想看看这场派对。

我的邻居唐纳德是这份报纸艺术和文化栏目的撰稿人,相比于牛,他对百老汇更感兴趣。不过到了周六,我带着我的男朋友达斯这类题材——一个高个子的设计师，十分腼腆，阅读清单中包括衣架形状变革史——围堵住了唐纳德。我们三人从我的小丰田上下来，踏上这个塞满了超大型白色皮卡的农场。庆祝游行队伍的尾端出现在路的另一头，牛身上套着饰满鲜花的挽具，还有一小队吉他手。莫赖斯不需要什么封路或游行许可；方圆两百英里内的每个人之间都有着"我儿子的未婚妻是他兄弟的侄女"这样的关系。还有谁会抱怨他人呢？

谷仓附近，一群人正在为一场"公牛拔河赛"加油鼓劲，通过名字就可以知道，这是让两头牛朝着相反方向拉拽对方的竞技活动。

随后，一小部分拥有皮卡的年轻人开始互相鄙视起对方车子的转速，这些皮卡的价格基本和农村居住区的房子不相上下。紧接着，如你所料，公牛就被抛在了一旁。他们钩上皮卡"拔河"。轮胎发出"尖叫"。人群开始欢呼。

我们接过盛在塑料杯里的一杯杯冰镇百威啤酒。几大桶啤酒见底之后，牛轭被架到了人身上。他们脱下上衣，套进轭里，使出全力去拉拽对方。

两人一组，一组接着一组在泥地里角力，直到双方都倒在地上。唐纳德和我都不愿意将目光从这些大汗淋漓的小伙子身上移开。就连达斯都呆站在了那里，虽然他的理由可能与我们的有所不同。

然而，一群较为年长的妇女，她们穿着暗沉且不成样子的黑裙子，笑着将我们围了起来。她们招呼在看公牛拔河赛的一个年轻人来做翻译。她们想知道，两人中哪一个是我的丈夫，有几个还在我的同性恋友人和异性恋情人之间指指点点。我告诉她们，他俩都是我的男朋友，她们大笑了起来。

我问那个年轻人这些妇女为什么都穿黑裙子。他说，她们都是寡妇，只不过，最晚成为寡妇的那位失去丈夫也已是二十年前的事了，更何况她本来也不喜欢她丈夫。我又问我们的公牛拔河赛翻译，她们中的哪一位男朋友最多。她们大笑着指向了看起来最年长的那位。

我环顾四周，徒劳地寻找着一丝丝能提示我仍在加利福尼亚的迹象。我感觉自己身处亚速尔风格的世外桃源。围绕在我们四周的一切对话和感叹语都是葡萄牙语的。那天晚上，在饱餐了一顿从巨大的锅中盛出的 sopas（一种葡式汤）、linguiça（一种葡式烟熏肠）及面包和奶酪后，众人来到谷仓里跳舞。谷仓的墙上挂着桌布，上面是亚速尔群岛的图案。我第一次看到那个将让我魂牵梦萦的地方的地图竟是在野餐布上。

莫赖斯来自圣若热岛,这座岛呈狭长的长方形,位于桌布地图的中央,周围是一个菠萝、一架风车和一头鲸。当晚,在这个闪烁着烛光的谷仓中,人们跳的最后一支舞是来自莫赖斯所在岛的 *chamarita*（一种葡萄牙民俗舞）。舞会的氛围随之而变。音乐缓慢而低沉。舞者们一步,两步,停下,拍手,再拍手。相比于舞蹈,这更像是一场仪式。

莫赖斯和儿时的伙伴跳完舞后回来找我们,此时他泪汪汪的。跳了舞的人们似乎都有些哽咽。

我同一个热情洋溢的年轻人聊起她对亚速尔民俗舞的热爱。我问她为什么舞者们都哭了。

"我觉得那些年长的人是因为回忆,"她说,"而其他人则是在渴望一种我们甚至已经不知道具体是什么的东西。"

我不断回想起那个夜晚。我不断畅想着有关大西洋中央那几座小岛的一切。思绪平息下来以后,我意识到自己一直以来就很迷恋岛屿。二十多岁时,身为酒吧服务生兼书店店员的我蜗居在一间公寓里,每当打开厨房的灯就能看到蟑螂们飞速逃窜,当时我的墙上就一直挂着一张希腊群岛的海报。白墙映衬着大片碧蓝的海。岛屿往往象征着一种逃离。或者说就我而言，那种感觉更像是，我就是一座孤独且与世隔绝的岛。

我钻研了一番，发现亚速尔群岛在《国家地理》杂志评选出的全世界未经破坏的旅游岛屿中排名极其靠前。杂志给出的评选理由是它"保持着原生态且很可能会一直持续下去"。

度假村、白沙滩和持续温暖的天气——这类海滨旅游基本要素的缺乏反而保护了这几座岛。有一种说法是，亚速尔群岛上每天都有四季。

即使在古时候，这里也鲜有人涉足。它们会出现在古老的地图上，又在随后的数百年时间里彻底消失，遗落在迷雾、洋流和海洋的变幻莫测之中。数个世纪之后，它们成了传闻中失落的亚特兰蒂斯的残迹，或是酒神巴克斯之子卢索斯所建的卢济塔尼亚人之王国的遗址。一些亚速尔人告诉我，他们认为他们的祖先是蒙羞的葡萄牙贵族或私生子。另一些人则认为，这里最初的居民是被迫从葡萄牙本土乘船而来开拓领土进行殖民的农夫。近期的考古发现表明，这里还有年代更早但尚不知身份的定居者，他们在葡萄牙人抵达前就消失不见了。这又提出了一个问题，那就是在帆船尚未问世时，人们究竟是如何来到这座大洋中央的小岛上的。

谜一般的传说紧紧萦绕着亚速尔群岛,就如同迷雾紧紧萦绕着岛上的火山山峰。在这里,人们会谈起自己与五十年前就已逝世的人之间的闲聊,就如同拜访同一条街上的邻居一般正常。就连现代的发现都被蒙上了一层超脱俗世的氛围:2013年,在皮库岛的火山顶上发现了全欧洲最罕见的兰花,研究人员将其描述为"失落的世界",英国皇家植物园的植物学家理查德·贝特曼(Richard Bateman)如是说。

马克·吐温在《憨人国外旅游记》中提及了亚速尔群岛,只不过说的是:"整个船上没有一个人知道亚速尔群岛的一星半点。"[①]

亚速尔曾经向英格兰出口橘子,但其主要出口的一直是劳动力。约一百万人出生于亚速尔群岛,而他们的后代却生活在北美,人数是这九座岛屿总人口的四倍有余。在最近的一场人口迁徙潮,也就是1958年至1980年期间,亚速尔群岛上有超过三分之一的人离岛,为的是逃离火山喷

---

① 引自[美]马克·吐温《憨人国外旅游记》(*The Innocents Abroad*),刘文静译,上海社会科学院出版社,2019年11月。——编者注

发、贫困和葡萄牙独裁者。这些人中的大部分来自特塞拉岛，他们最后定居在了加利福尼亚州乡间的中央谷地（Central Valley），奶牛是两地共同的特征。无论在亚速尔还是加利福尼亚，亚速尔人都经营着奶牛场或是在其中工作。

移民后的亚速尔人都很恋家。事实上，那已经超出了思乡的程度。葡萄牙语中有一个词叫"saudade"，他们说这个词无法被翻译成其他语言。它指代着一种比思乡或是思念某人更宏大的情感。这种渴望无法通过其他语言表述出来。正如一位亚速尔朋友所说，这是一个"严格的葡萄牙语词"。

他们说这种情感和死亡有关，但主要涉及的还是生活，可能还有海洋，也许还有时间，而理解saudade的唯一途径便是听法朵（fado）。这是一种葡萄牙怨曲，或者更准确地说，是一种倾诉渴望的歌谣。

因此，在加利福尼亚，就如他们更早在波士顿和多伦多时那样，漂泊在外、充满saudade之情的亚速尔人尽自己所能地将岛上的生活重现了出来。在偏远的农场小镇上，他们会举办只有经典老歌的法朵音乐会和严格遵循传统的节日庆典。就连他们的语言都向旧时代靠拢，充满了四十年前的老式表述。

每年夏季，亚速尔人纷纷挤上飞机返回岛屿。他们会住在祖宅里。他们拜访旧情人、老仇人和亲人们，"新世界"和"旧世界"之间的文化碰撞便在此时产生——来自加利福尼亚的那些人代表的正是"旧世界"。

好几个夏季，我开车穿过宽广而炎热的中央谷地，看到的总是牛比人多。餐馆里莫名其妙地空无一人。卡车连着数月都停在同一个地方。许多年来，我也渴望着那些被过去吞噬、永远都无法触及的事物。如今，我终于知道大家都去了哪里。我也找到了一个词来形容我内心的那种情感，而原先的我甚至不知道它是什么。

Saudade。

低谷

我人在弗雷斯诺,正一动不动地躺在一张沙发上,这是我去拜访莫赖斯的农场的前一天。

我把屋里的所有毯子都盖在了身上,试图将陷入泥潭的职业生涯的重担转移到一堆令人窒息的羊毛织物和蓬松的盖毯上。回头看来,我本应想到我很快就会误入失落的亚特兰蒂斯之类的地方。故事几乎总是发生在处于低谷中的角色身上。

那周早些时候,在一阵(就我看来)正义之怒火的刺激下,我把一篇稿子摔在了我所供职的报社的主编桌上,随即走出办公室,又走出大楼,很可能(我是这么告诉自己的)再也不回来了。

我知道,暴脾气的人往往会偷偷地为自己的这一特质自豪。县全还会夸大自己发脾气时的场面。让我略微有些失望的是,我不是这样的。我不够果断,摔不了东西,总是能看到每一道难题的一千三百七十二个面。怪不得我的毛衣都是灰色的。我的工作导师曾教导我别在会议中一直微笑。(用她的话来说是"别像个精神错乱的傻子一样老是张着嘴。")

因此,在发了一番脾气后,我并没有为自己拥有某种火爆的天性而沾沾自喜,反而像个酒鬼一样深陷进了松软的床里。有人敲门,我没去理睬。但和我住在同一条街上的邻居兼同事杰克·穆迪一直在敲门,我不得不爬出那堆毯子放他进门。我一直叫他穆迪,是因为我觉得他的姓氏和他的性情十分相称。[①] 没有人需要告诉他别总是微笑。

他正是处于这场争执中心的那个倒霉项目的摄影师。我们俩一起探访了加利福尼亚中央谷地一片贫瘠地带中的一座以冰毒为"经济引擎"的小镇。小镇的欢迎路牌上被喷涂了"欢迎来到地狱"的字样。我们跟访了一辆搬家卡车上的三位女士,她们的家人于"大萧条"时代来到这里,如今她们又要搬回阿肯色州。这是一场倒转过来的黑风

---

① 穆迪的姓氏"Moody"在英文中有郁郁寡欢之意。——译者注

暴①移民，我们经由66号公路，来到烟熏雾绕的丹尼餐厅、速8汽车旅馆，以及以炸鱼为早餐标配的各个小镇。穆迪认为，整场公路旅行中，他最意外的发现是我在车里并没有像他想象的那样一直说个不停，而我则很满意地发现他竟然是会说话的。

穆迪在一定程度上是这场闹剧的罪魁祸首。他让我帮忙看看他为系列报道拍摄的照片的标题。我告诉他有一个图题需要做些修改，那条标题上写着：一位名叫布朗尼的女性是阿尔波市（Alpaugh）居民。此人出生于阿尔波市，自出生以来的大部分时间生活在阿尔波，她的家人也都在阿尔波。但当时她已决定去东部，且正与她的男朋友一同居住在附近的里弗代尔市（Riverdale）。穆迪忘了这件事，于是我在校样上用红笔把这句话圈了出来。我想要一切都是完全准确的。

彼时，正值《纽约时报》发现社内的一名记者捏造新闻，乃至假装自己去了根本没去过的地方。各处的编辑都

---

① 黑风暴事件（Dust Bowl），为发生于北美20世纪30年代的一系列沙尘暴侵袭事件。大平原地区的旱灾及土地的过度开垦和不当耕种使该地沙尘暴频发，农业、环境和经济均受到极大影响，大量农民被迫离开家园迁往加利福尼亚等地另谋生计。——译者注

万分紧张,处处提防。

我的主编认为,我修改图片标题的行为表明我捏造了布朗尼与阿尔波的关联,是她抓住了我这个假冒记者。我指出我才是那个挥动红笔做出修改的人,且并不是偷偷摸摸进行的,但我的反驳被喝止了。项目主编知道布朗尼生活变动的来龙去脉,但他与高层的争执在一个月前就已结束,他带着他的家人反向移民到了佛罗里达。我只能孤军奋战。

主编趾高气扬地告诉我,他们需要暂缓这篇报道,核查文中的每一个词。

"请便!"我大声回应道,第一次明白了气得发抖是什么感觉(有些让人想吐)。

感谢穆迪。他见证了每一段转述来的对话。大多数时间他都没有听进去。他能够与语言世界暂时断联,将自己彻底转变为一台照相机。但他的照片记录下了每一个真实的人物,这些都能支持我的说法。只要不犯一些愚蠢的错误,我就会没事的。然而,我本来就是每写一篇报道就会在夜间惊醒,害怕自己犯下了愚蠢的错误,在这种情况下更是如此。

我告诉穆迪,我们花了两个月追踪的报道被无限期搁置了。

"好吧，总会见报的。"他耸耸肩说道。他是最过分的。我告诉他管理层正在质疑我的可信度，而他对于这种背叛行为的回应竟然只是一句"好吧"？

我感觉我的内心建立起了一丝决心。我要修正我的生活。要，也许，可能，找个时间，彻底从沙发上起来。我得离开这个地方，不然我会变成穆迪的——变得毫无生命力。对一切都只是耸耸肩。

"你的头发颜色怎么这么深？"他问道。

"我好几天没洗澡了，"我承认道，"我总要从沙发上起来的。"

"所以是出油？"他问道，显然很感兴趣。

"是的。"我说。

"你穿的那堆乱糟糟的东西是……浴袍吗？"他问道。

"是的。"我说。

"你看起来很糟。"他说。

穆迪不是那种会用拥抱安慰人的类型。他尴尬地拍了拍我脚边的毯子。

"好吧，马库姆，保重。"他边走边说道，"你可能可以试试少盖一两层毛毯。"

他离开以后,我继续盯着下午的阳光透过百叶窗投在墙上的光纹。我写了个便条:"若是我精神崩溃,那应该是紧张症导致的。"

奇怪的是,我曾经历过真实的心痛,你可能会觉得我早该对单纯的办公室纠纷免疫了,不会这样瘫在沙发上。但一切并不是这样运作的。

我有以下生活理论:"天蓬床理论"和"理发日理论"。(后者其实是我的朋友谢利的理论,但被我认领了。它也可以被称为"假期最后一天天气最好理论"。)我很享受为生活中的各种现象编写词条并取上标题的做法。我的父母去世后,我想出了我最早期的理论之一——"被纸割伤理论"。当时的我十几岁,这条理论是用来解释为什么在我拥有这样的经历后,我的内心却还仍然会被伤到的。

被纸割伤理论

这条理论认为,糟糕的上司、失败的恋情之类的伤痛比真正的伤痛更能刺痛人。这就好比被纸割伤的伤口和一处很深的伤口之间的区别。我们的手指在表皮附近的神经更丰富,由此我们才能探索世界。这也是为什么被纸割伤会痛得要命。与此同时，科学家认为，我们的身体知道这点小伤不至于致命，因此不会启动如内啡肽或流血的自然保护机制。纸缘在显微镜下是十分粗糙的，因而会在皮肤上留下一道锯齿状的伤口。刀片则不同，它那干净利落的切口可能致命。

我的父亲威尔伯·艾拉通常被人叫作马克，他是一名炼钢工人和机修工，来自肯塔基州，教育程度为小学四年级。他在同龄人中身高偏高，十四岁时，他偷走一个哥哥的出生证明后参了军。他说这是为了摆脱贫困，而这种困境，按他所说，比猪屎堆还深又比糖浆还黏人。他从未彻底脱身。他说，贫穷在我们家族是世代相传的。他在朝鲜战争中受了伤。每当我母亲生他气的时候，她都会拿出他的紫心勋章。她说这能让她意识到这些小事都不重要。

无论遇到什么事，他都能找出自己的说法。我知道在这种情况下他会说什么"万物都有廉价款"，也就是说，别被假货骗了。

这真的是个生存问题吗？我是在担心我会丢掉工作吗？不是的。我是一名中等规模的地方性报纸的记者。去做酒吧服务生都能挣到更多的钱，如果我愿意的话，我也能那么做。但这又不只是和上司打一场"被纸割伤"级别的仗：我做不好我自认为擅长的事，而这样的事本就只有两件——写作和保持毫无理由的乐观心态。

当你的父母做出牺牲、努力拼搏，但每一次都遭到这个世界的碾压，最终英年早逝时，你就应该成为那个给这一切赋予意义的人，让他们的生命不致白白消逝。

我躺在沙发上，顶着脏乱的头发，害怕新的一天的到来。"我是特别的"这种幻想正在遭遇严重的打击。

我试着用书中那些幼稚的技巧让自己振作起来。我能挺过这一关的。怎么，那些人又管不了我。好吧，严格来说他们管得了我。但我只会在他们来找我沟通后再与他们沟通，就像那种生闷气的青少年一样。我将专注于写一些只吸引我但不会得到任何人关注的小故事。（倒不是说我推荐在职场上运用这种生闷气的回撤战术。）

我上小学时，加利福尼亚正在实行实验教育。我们听磁带书，雕肥皂，帕姆老师还带来她的吉他，教我们一些适用于她所谓情绪低落时期的歌。我一边向帕姆致意，一边调响了一首她备选歌单里的歌，这首歌来自西蒙和加芬克尔（Simon and Garfunkel，美国知名双人乐队）："我是一块岩石。我是一座岛……岛从不哭泣。"

低 谷

随后我从沙发上起身,洗干净头发,开车到了我遇见莫赖斯的那片加州乡间,开始梦想前往而不是成为一座岛。

卡佩利纽什

在加利福尼亚长大的人都会知道，生活在美景之中也意味着需要面对更大的风险。阳光照耀下的山丘、肥沃丰饶的山谷、热闹非凡的海滨城市，都很容易受到火灾、洪水和地震的摧残。你可以试着在加利福尼亚找找看，找找还有谁没有被紧急疏散过。因火山喷发而成的亚速尔群岛同样对自然灾害并不陌生。正是岩浆将这片群岛与美国联系在了一起。

1957年9月16日，法亚尔沿海地区发生了一连串小型地震。没有人过多关注此事。9月27日，一处叫vigias的瞭望塔（用于望鲸）上的观测员发现了海面的湍流，发出信号称出现了一群鲸。

那不是鲸。

卡佩利纽什

海水的涌动越来越剧烈,仿佛被烧开了。卡佩利纽什(Capelinhos)港口的灯塔守护人和水手们纷纷逃离。在离岸半英里的海面上,一股巨大的白色喷泉喷涌而出。三天后,它变成了原子弹蘑菇云的模样。蒸汽和黑灰冲至四千二百英尺[①]高的半空中。一整个月里,爆炸声隆隆地响个不停,空中不断升腾起蒸汽和泥浆构成的阴森云团。

一座新岛从海中升起,海拔三百英尺。三名记者划船来到这座仍在轰鸣的小岛,其中一人在岛上插了一面葡萄牙国旗——一种违背记者精神的民族主义举动。

飘浮于空中的火山灰继续落了数月,厚厚地堆积在屋顶和田地上,压得屋顶塌陷、作物枯死。人们在行走时需要打伞来遮挡黑雨。火山和法亚尔岛之间形成了一道由火山灰堆积而成的地峡,火山云完全遮盖了太阳,整片群岛都被笼罩在了阴暗之中。

1958年5月12日夜间,四百五十余场地震侵袭了法亚尔岛。教堂里挤满了人。一名女性穿着19世纪的传统服装——带兜帽的黑袍(capas)站在悬崖上,对着大海哀号。一些人将念珠当作贡品献给大海。很多人都认定自己将活

[①] 1英尺约等于0.3米。——编者注

不过当晚。不过最终无人丧生。

地震两天后，喷涌的岩浆直冲天际。一百二十六英里外的弗洛雷斯岛都能听见爆炸声。到了八月，海中的小丘已高达五百英尺，法亚尔也比之前大了近一平方英里。当年十月，火山进入休眠状态且安眠至今，但火山学家仍将其列为活火山。

事实证明，这场火山喷发成了很多人进入美国的入场券。

亚速尔人自美国历史之初起就已成为美国的一部分。彼得·弗朗西斯科（Peter Francisco）凭借他的体格和体力时而会被称作葡萄牙的保罗·班扬①，据称他参与过美国独立战争，曾肩扛加农炮撤离敌军射程。约翰·菲利普·苏萨（John Philip Sousa）在从特塞拉岛到美国的蒸汽货轮上创作了《星条旗永不落》（"The Stars and Stripes Forever"），该曲将亚速尔人对进行曲的热爱和美国历史永久地结合在了一起。到了20世纪20年代，亚速尔裔美国人群体已颇具规模且不断壮大，新成员也源源不断。

美国长久以来就存在分歧，一部分人坚信其优势在于

---

① 保罗·班扬（Paul Bunyan），美国民间故事中的伐木巨人。——译者注

人口的多样性，另一部分则害怕外来者，将一切社会弊端归结于最近的一批移民身上。

在19世纪中期，反对移民的一无所知党（Know Nothing Party）发起运动抵制爱尔兰和德国移民，理由是天主教思想会破坏美国价值观。20世纪20年代，其憎恶的对象转变为来自南欧和东欧各国的移民。一系列法案出台，为的是将贫穷和未受过教育的人挡在美国的大门之外。从亚速尔来的移民人数锐减。

到了20世纪50年代，自由女神像底座上的诗句的精神在一百多年后仍未能体现在美国法律中。"把你们的那些人给我吧，那些穷苦的人，那些疲惫的人，/那些蜷缩在一起渴望自由呼吸的人。"这些诗句的创作者为美国诗人艾玛·拉撒路（Emma Lazarus），她来自一个以难民身份来到美国的葡萄牙裔犹太人家庭。即使是在葡萄牙受法西斯政权掌控，知识分子和艺术家受到绑架和折磨，普通民众只能挨饿等死的艰难岁月里，每年的葡萄牙移民配额也仅有五百零三人。

之后，卡佩利纽什的火山喷发了。

选区内有大量葡萄牙选民的立法者，其中包括时任参议员的约翰·F. 肯尼迪，他积极推动通过1958年和1960年的《亚速尔难民法案》(Azorcan Refugee Acts)，令成千上万名亚速尔人得以进入美国。1965年的移民立法改革使美国的大门向更多移民打开，有家人在美国的人在办理美国签证时也变得更为便捷。

在亚速尔群岛，贫穷仍是一个普遍的现象，很多家庭都急于在他们的儿子被征召去参加安哥拉独立战争和其他殖民战争之前离开。

这便是我在加利福尼亚中部地区遇到的那个群体的由来，这些人大多是在20世纪70年代来到美国的。

当下，两地之间的联系是由一架葡萄牙的飞机维系的。五月至九月期间的每周一，这架飞机从奥克兰国际机场起飞，前往特塞拉岛，该岛与加利福尼亚中央谷地的联系最为紧密。飞机总是满员。返回的航班在每周三。

我提交了一个选题，报道在这段时间内机场里上演的返乡潮，报社同意了。（对工资的需求把我留在了这个阵营内。）因此，我乘坐一辆大大的黑色SUV，身旁是弗兰克·塞尔帕、他的妻子费尔南达，以及他们的帮手乔，乔负责开车。在当地电台的深夜广告中，弗兰克会变身为穿着斗篷的飞天超人"塞尔帕人"(Serpaman)，为人们带去这位汽车经销商特供的超级优惠。弗兰克给我看了他被公牛追逐的视频，这正是他每年夏天都要返回亚速尔群岛的原因。

"看！看！那头牛把我一路踢进了厨房！"他讲解道。正如他所说的，屏幕上的弗兰克跳过一堵墙，跑进了一间屋子，一头公牛紧随其后，同样跳过了那堵墙。"这可以让你重新找回年轻的感觉！"弗兰克说道。

坐在前座的费尔南达转过头来，朝我眨了眨眼睛。

弗兰克给我展示的正是斗牛节活动——绳子上的公牛（*tourada à corda*）。这些斗牛活动和西班牙的风格不同，在西班牙，牛最终会被杀死，危险都被限制在斗牛场内。在特塞拉岛，一头拥有古老血统、被特意培育成攻击性十足的公牛，会被不加约束地放到这座城市的主干道上。更准确地来说，是几乎不加约束。七名穿着宽松袖筒的白色衬衣、戴着黑色平顶帽的牧牛人（*pastores*）会牵住一根绑在牛身上的绳子。

如果这头牛决定全力向前奔去，那么绳子另一端的那些穿着讲究、风度翩翩的男士就得跟着跑，就像我后来所目睹的那样。他们在公牛的牵引下飞快地穿行于城市。更常见的情况是，牛向路的两侧奔去，或是掉过头来冲向这些牧牛人。在这种情况下，松弛的绳子起不到任何作用，而旁观者则常常会被为了闪躲而矫健地跳过围墙的牧牛人撞倒。

"*A primeira pancada é sempre do touro.*"——这则谚语说的是:"第一击属于公牛。"有些情况下,如果七人的合作足够完美,绳子也没有缠作一团,那么他们就能够在这头牛发起第三或第四轮进攻的时候将它从受害者身边拉开。这些牧牛人的存在并非为了保护人群,而是为了保护公牛,他们最终还会在斗牛活动结束后将这位贵重的"巨星"请回它的笼子。

整个夏季,岛上每晚都会举办绳子斗牛活动。地点不定,有时一晚上就有三地同时上演。任何一个地道的特塞拉村庄都必定会举办自己的夏日斗牛之夜。每家每户会在家门前竖起薄薄的胶合板以保护自己精美的住宅。活动当晚,食品车会前来贩卖啤酒和猪扒包(*bifanas*)——一种圆面包里夹着辣味猪扒和慢煮洋葱的美食。窗外、门廊上,一群群人聚集在一起。街头小贩叫卖着糖果。女孩们坐在墙上,与街上的男孩们打情骂俏。男人们一边交谈,一边顺势挥舞着葡萄牙啤酒瓶和一根接一根的香烟。孩童们假扮公牛,互相冲撞着。不管什么时候,总有一支行进乐队不知在哪里做着热身演练。

随后，火焰冲天，烟花（*foguetes*）呼啸着升空——嘭！——最后在空中留下一团黑影。这是一声警告：离开主干道，退回到墙后，爬到树上，不然就要直面公牛。

公牛所在的笼子在门被打开前就早已晃个不停。另一枚烟花在尖啸声中腾空——嘭！——公牛被放出。

大多数仍然留在街上的人（几乎总是男人）一看到公牛看向了他们所在的方向就会立刻逃跑。剩下的一小部分人则会"与牛同乐"。他们用雨伞逗弄它，挥舞着洗碗巾呼唤它。最受观众欢迎的是那种能在摸到牛角后握着伞绕圈跑，既离牛足够近，又不至于被牛顶伤的人。这些自封的斗牛士有的穿运动鞋，有的仅穿人字拖。

公牛的注意力往往会被别的事物吸引，它会冲撞房屋，或是一头撞进薄薄的胶合板里。有时它还会猛地冲向教堂的大门或是跃过围墙，引得爷爷奶奶辈的观众摔下躺椅。家长们会把他们的孩子像足球——抱歉，用当地人的话来说是 *bolas de futebol*——一样从公牛面前抱开。这才称得上一场真正精彩的斗牛赛。

在通向机场的99号高速公路上飞驰时，我还丝毫没有见过这类场景。弗兰克给我看了一本书，上面解释说斗牛活动创造出了"戏剧性的场景和喜剧般的景象，能够激发人们的激情"。这本书称，斗牛的传统至少可以追溯至17世纪早期，为特塞拉岛所独有。"你敢相信吗？"弗兰克问道，似乎很诧异这种人们聚集起来任由公牛在城市里随意冲撞的风潮竟还没有席卷全球。

我没有立刻感受到这种活动的魅力所在。

"你觉得是什么吸引了像你这样的人？"在前往机场的路上，我这样问弗兰克。

从这时起，故事的叙述者变成了费尔南达。"这是因为我们驱逐西班牙人的方式！"她说道，眼神里闪烁着怒火。她讲述了完整的故事。和弗兰克一样，她说话时也会加入一些串联用的音节，使得英语听起来就像葡萄牙语一样。

1581年夏，葡萄牙的所有地区，除特塞拉岛外，都被归入西班牙王国的领地。西班牙国王派出十艘船和一千多名士兵入侵该岛。（历史书所能确认的就只有这么多了。有人说接下来的内容只是浪漫化的传奇故事。但鉴于费尔南达叙述这个故事时激情洋溢的模样，我不禁相信了她所说的每一个词，尤其是因为历史书往往忽略女性的功劳。）

根据费尔南达的说法，在关键的萨尔加之战（Battle of Salga）中，西班牙军队发现仅有少量士兵在守卫海湾。

他们举兵进入该地区，烧毁了房屋和田地，还俘虏了美丽而高贵的布里安达·佩雷拉[①]的丈夫和儿子，两人均受了伤。布里安达制定了一个计划。特塞拉人将他们的那种尤其凶猛、攻击性十足的牛养在岛中央的火山口上。布里安达敦促岛上的女人把这些牛领出来赶到海湾附近去攻击西班牙士兵。农夫们则跟在它们后面，手里拿着干草叉等一切他们能找得到的武器。西班牙人被这些猛兽吓得逃回了船上。

费尔南达说，这就是为什么特塞拉人至今都深爱着公牛。"不过我不喜欢斗牛，"她说，"弗兰克会把自己搞死的。"

她的担忧不无道理。虽然斗牛活动的死亡率低得出人意料，但每年都会有人因此受伤，而且死亡事件也并非不会发生。

我们抵达奥克兰机场时，发现阳光旅行（SunTrips）廉价航空公司柜台前的旅客们像是从未听过"轻装出行"这种说法，人人都为亚速尔的亲戚们准备了大包的礼物。

[①] 布里安达·佩雷拉（Brianda Pereira），葡萄牙人，据说在萨尔加之战中为抵抗侵略者作出了杰出的贡献。——编者注

而且，队伍中的每一个人都在亚速尔有亲戚。一名女性带了一箱活鸡。弗兰克碰到了图莱里县的一个奶牛厂工人，两人是一同在特塞拉岛上长大的。他们告诉我，他们过去是如何用玉米芯做玩具汽车的，因为他们没有其他玩具。他们还曾因为太过饥饿而偷水果吃。这些听起来都和我母亲小时候在科罗拉多的贫穷生活很相似。

弗兰克是在二十四岁时移民的。1971年他到达弗雷斯诺机场时，身上只有一美元和一美分。他买了一根三剑客牌巧克力棒，余下六十七美分，如今，这些钱仍被他存在一个保险柜里，为的是提醒自己的起点在哪。他最初的计划是挣到钱后就返回岛上，但如今五十八岁的他已有了美国籍的儿孙，他本人也发生了变化。

"这么说吧，"在车里时，乔这么告诉我，"弗兰克的所有工作电脑上都贴着'今日事今日毕'这样的标语。而亚速尔的说法却是'今日事何不明日毕？'"

几年前，塞尔帕一家在特塞拉岛的房子正值翻新，工人们没工作几个小时就开始收拾装备，计划去参加斗牛赛。弗兰克对他们说："嘿！我才是付你们工钱的那个人。到底哪个更重要，老板还是斗牛？"

他们说："斗牛。"随后便离开了。

"你真该听听他都说了些什么。"费尔南达边笑边说道,"他气疯了。他说'我受不了这些人了!我要离开这里'。"

费尔南达问我为什么想要写一篇关于返乡的亚速尔人的报道。我告诉了她真相:这只是方便我更深入了解亚速尔人的借口。我迷上这群人了。

"你应该让报社把你派到特塞拉去的。"弗兰克说道。

我告诉他,这就类似于建议一家本地的咖啡馆派一名服务生去米兰深造咖啡制作。

"好吧,那你就自己去呗。是吧?去写个电影剧本之类的。"他说。

大约一周后,我坐在自己的后院里,完全没有欧洲短途旅行的计划。这时,我的电话响了,是弗兰克打来的。我算了算七个小时的时差,岛上现在是凌晨四点。背景的音乐和欢笑声让我几乎听不见他在说什么。

"嘿,戴安娜!"他说,"我正和我的好朋友在一起。他开了一家漂亮的临海酒店。我和他说,有个作家很喜欢亚速尔,但又从没来过。他说,'和她说让她来,可以住在我的酒店里。没问题的。'我们还有个朋友是航空公司的高层。他可以给你一张免费机票。没有别的附加条件。我们知道你不会随随便便答应的。"

我向他表示了感谢,又遗憾地告诉他记者是不允许接受免费的旅行安排的,而我也不知道有谁会愿意请我去写电影剧本。

"什么都不用写,"他说,"费尔南达让我和你说,你应该接受的。"

费尔南达接过电话。她告诉我,美国人的说法是"你若帮我,我便帮你"。但亚速尔人的说法是"人人为我,我为人人"。"这些人一起煮一大锅汤——你拿一只碗就行。"

第二天,我同一位只比我年长几岁,但被我视作导师的作家共进午餐。当着他的面我会叫他作家曼利。他和那些亚速尔公牛很像。狭小的空间会让他焦躁不安;你甚至想象得到他猛力刨土的模样。他是一名极其资深的调查记者,供职于一家大型报社,他最喜欢的处理问题的方式是愤起猛攻。

我怀着一种窘迫尴尬的心理,告诉他弗兰克向我提供的免费亚速尔之旅让我有多心动。我以为他一定会反对这件事,而我也可以借此坚定决心。

"去吧。"他说,"这里面不存在冲突。别给弗雷斯诺的报社写任何关于他们的事就行了。你本来就一只脚踏在门外了。"

"但你觉得他们想要什么呢?他们想要我做什么呢?"我问道。

"和其他人想要的一样,"他说,"他们想要有人去了解他们的故事。而且,去他的,说不定这本来也是*你自己的故事*的一部分。"

这似乎正是我所缺失的:我自己的故事。

九月,我登上一架驶离中央谷地的飞机,前往特塞拉岛——桌布中央的那座土豆形小岛。这是这一季最后一趟航班,也是唯一一趟还有一个空位的。

我夸了夸走道另一边的格拉迪丝的那条色彩丰富的围巾,和她聊了起来。她开始教我葡萄牙语中的一些词,直到她的同伴菲洛梅娜再也看不下去了,喊道:"她是个古巴人!你是在跟这架飞机上唯一一个非葡萄牙人学葡萄牙语!"

格拉迪丝四岁的时候跟母亲一起从古巴移民到美国加利福尼亚。两人当时会说的唯一一句英语是"请给我可口可乐"。年幼的格拉迪丝十分害怕,不知道她们该怎么找到前往下一个目的地的路。

"别担心,"她妈妈告诉她,"只要会问,去中国都没问题。"

第二天早上,我看着太阳在大西洋上升起,视野中没有任何陆地的迹象。

当我终于看到亚速尔群岛时,它们看起来就像点缀在黑暗大海上的亮绿色斑点,在迷雾中闪烁着。怪不得它们失落了数次,又被重新发现了数次。14世纪,它们似乎出现在了地图上,但并不处于正确的纬度,组合方式也不一样。也许那些小岛就是亚速尔群岛,也许它们只是古代地图中常见的装饰用的神秘小岛,与龙和海怪为伴。

数百年后,葡萄牙人发现——或者可能是重新发现了——亚速尔群岛。这片群岛是"地理大发现"时代的第一站。既然有这样的先例,那么它可能也会成为我的第一站。

第十岛

我在遇到阿尔贝托之前就听说了他。

"他已经七十八岁了,但看起来就像五十岁。他可是个重要人物。"在加利福尼亚时,弗兰克就这样和我说过。

若泽是弗兰克的堂兄或者侄子——我不确定,总之是亲戚。他和他的妻子路易莎来机场接我,后来还接我去阿尔贝托和多娜·玛丽亚家享用柴火烤炉烹制而成的葡萄牙传统美食。

"你会爱上阿尔贝托的。"路易莎说。她有一种葡萄牙人特有的美,眼睫毛很长,绿色的眼眸,眼角下垂,古铜色的肌肤,柔亮的黑发。肤色苍白的我对此十分羡慕。

"阿尔贝托很有智慧。就像一本百科全书。"若泽说道,他的地下室里有一台自己从零开始组装的电脑。人们会从各处赶来使用这台"若泽Skype",这在当时还算尖端科技。

我们抵达时,多娜·玛丽亚的烤炉里已经燃起了橙黄色的火焰。烤炉所处的厨房是与主屋分隔开来的,背靠一座大院子。墙上挂着许多长条的木板,用于从烤箱中取出不同种类的面包。阿尔贝托亲手打造的木桌上放着一只巨大的碗,里面盛满了新鲜的无花果。

在出发前往阿尔贝托和多娜·玛丽亚家之前,路易莎从她的院子里摘了一篮红色和黄色的番茄,摆放方式就和无花果碗里的一样。她把番茄篮子放在无花果碗旁边。在亚速尔群岛,我的周围满是化为现实的静物画。

阿尔贝托脸型宽大,手掌大且厚实,总是一边说话一边挥着手。他立刻往我手里塞了一瓶冰镇的萨格里什(Sagres)啤酒,带着我参观了这座美丽但又不失野趣的院子。他们在院子里种了莳萝、番石榴树、土豆等。

"看看这一侧的植物长得有多高,"阿尔贝托和我说,"这是因为我们总把厨余垃圾倒在院子里,而且我们也倒不了多远。"我低头看到地上的蛋壳和咖啡渣,正是这些东西让阿尔贝托院子里的植物一侧长得比另一侧高。

他们的住宅有两层楼高,一片天鹅绒般的草坪宣告着他们的返乡移民身份。(我后来才被告知,在一座漫山遍野皆绿的岛上,只有美国人和加拿大人才会觉得有修剪草坪的必要。)草坪一直铺展到厨房门口;厨房后方便是院子,院子后方则是碧蓝的大海。

阿尔贝托说,总有美国富人想来买这栋房子。"你可买不起。"他会这样对他们说。

"出个价。"他们会说。

"你买不起是因为这栋房子根本就不卖。"他这么回答道。

"你知道吗,听了这句话之后他们会觉得有点宽慰。"他说,"世上还有不卖的东西,这让他们松了口气。"

20世纪80年代,他以约六千美元的价格买下了这块地及街对面的那栋房子,多娜·玛丽亚就是在那里出生的,如今他们那生于加拿大的女儿住在里面。

我们向海边走去,在黑色的火山岩上小心地穿行。阿尔贝托拾起一把贝壳。"看看这些生物,把自己的小屋留在了这里,它们根本不是来自附近的海域,但壳却留在了这座岛上。"他说道,"这个世界很小,洋流能把任何人带到任何地方。"

阿尔贝托和多娜·玛丽亚在加拿大生活了二十五年,

他们的孩子是在那里长大的。他把自己的吉他带到了加拿大,但他说他从未在那里弹过,因为既没有空闲的时间,也没有朋友有空和他一起玩音乐。我问阿尔贝托他热爱加拿大的什么,以及他从加拿大带回了什么。

"我的养老金。"他说道。

我们在主屋里享用了一顿用古老的柴火烤炉制作的美食,主屋里配备了现代厨房,有微波炉也有冰激凌机。一张大桌子上摆满了食物:葡萄牙炖菜(*cozido à portuguesa*)——各种肉类,包括牛肉、猪肉、鸡肉和各类香肠,以及院子里摘的美味土豆,如油酥糕点般甜糯的白土豆,有嚼劲的山药,味道如黄油般浓郁而又细腻的小圆红薯。有炉火烘烤的面包,还有直接从院子里摘的南瓜。将南瓜切成细条状,撒上红糖,在石与火的焙烤之下口味变得更为香浓。我最喜欢的葡萄牙语词是南瓜——*abóbora*——读起来就有趣极了。

我说,这样一来我都不知道该什么时候停嘴了,有这么多美食要去品尝。

"跟着我。我停你就停。"阿尔贝托说道。

等他真的停下来已经是很久以后的事了。他一个人至少喝了一升的红酒,还从另一个瓶子中不停地给我满杯。

在这顿持续数小时的晚餐后,若泽和阿尔贝托拿出了他们亲手制作的吉他(*guitarras*)。阿尔贝托第一次亲手制作葡萄牙吉他是在二十年前,那时他还没有学会如何弹奏。

阿尔贝托和若泽一起弹唱了几曲。我问起了特塞拉岛的 *chamarita*。我在加利福尼亚看过人们在庆典上跳这种民俗舞。

"你知道 *chamarita*?"阿尔贝托问道。

"我见过,但记不太清了。"我说道。

阿尔贝托在我身边跳了起来,向我展示舞步。然后他又拿起吉他坐下来。"你跳一支舞看看。"他说。

我曾教过儿童舞蹈课,但这段经历有个不怎么光彩的结局。我在更早些时候与若泽和路易莎谈话时提起过这个不幸的事件。这件事发生在玛莎·李舞蹈学校。玛莎·李是一位老派的芭蕾舞女演员。她站立时就和杆子一样笔挺,身材也和杆子一般瘦。一头乌黑的头发紧紧地扎在脑后。她总是单手抱着一只玩具贵宾犬。她指甲油的颜色总是搭配着贵宾犬头上蝴蝶结的颜色,有时候,这只贵宾犬也抹着同款颜色的指甲油。

玛莎·李对爵士舞不感兴趣,但孩子们喜欢爵士舞,因此她才不情愿地将我这个马马虎虎且几乎没受过芭蕾舞训练的舞者加入了舞蹈老师名单。

我教的一个班级都是十来岁的孩子,尤其笨拙。事件发生当天,我们正在做爵士舞热身,要把不同的身体部位都活动开。我的构想是整个班级一起跟着节奏同时活动一个部位。预想中的场景并没有发生。我只能不断地换节奏更慢的音乐,最后选定了一首王子①的歌,节奏感很强,身体再不协调的孩子也跟得上。我们一直从头部活动到肋骨再到臀部,其中包括将一边的臀部摆向房间的一个方向,再将另一边的臀部摆向另一个方向,随后转一圈骨盆:向右——中间——向左——中间——转。

正在此时,在我让孩子们做这个被不少人视作"脱衣舞女动作"的练习时,玛莎·李突然出现来视察上课情况。我忽然注意到,这首《亲爱的尼基》("Darling Nikki")的歌词表达的是酒店大堂里一名女士正在一本杂志后——这么说吧——"自我安慰"。

我当场就被解雇了。

我讲述了这个故事,一位朋友帮我做翻译,若泽和路

---

① 王子(Prince),原名普林斯·罗杰斯·内尔森(Prince Rogers Nelson),美国流行歌手、词曲作家、音乐家、演员。——编者注

易莎听后大笑起来,他们知道这首歌。并不只有贝壳能证明这个世界是处处相连的——还有王子。

我听从指示在厨房里跳了一小段。

"是的,你跳得真不错!"阿尔贝托感叹道,我高兴极了,作为一名曾被解雇的舞蹈老师,我感受到了一种救赎。

若泽站起身来和路易莎一同跳舞,一边跳一边弹吉他。阿尔贝托和多娜·玛丽亚并没有一起跳,因为两人商定绝不一起跳舞,不然就会惹怒对方,到最后吵起架来。他们都觉得对方跳得很差,并且毫不留情面地当面指出这一点。我们一直跳到满脸通红,喘不上气来。

随后若泽和阿尔贝托又弹了几曲,最后弹起了饱含情感的法朵。路易莎和多娜·玛丽亚跟唱了一曲后都落泪了。

这是一首来自法朵皇后阿马丽娅·罗德里格斯的曲子。此前我从未听过,但那之后我就对它很熟悉了。他们说法朵翻译起来很棘手。这些歌词抗拒着另一种语言。以下是对《我的歌倾诉渴望》("A Minha Canção é Saudade")的粗略翻译:

> 我为我的思念哭泣
> 我为我自己落泪

我哭泣，深陷了自己的渴望里

我们一直聊到夜里。在谈及加利福尼亚的亚速尔群体时，我将他们称作第十岛（the Tenth Island），因为他们就是这样称呼自己的。我说一开始我以为这个词只是指加利福尼亚。但现在我明白了，这是指整个亚速尔移民群体，包括波士顿地区的和加拿大的。

阿尔贝托笑了。"你以为第十岛指的是一个地方或一群人？"他嘲笑了我。"第十岛是在内心里的。它是其他一切都消失后仍然留在原位的。我们这些生活在不同世界之间的人能更好地理解第十岛。无论我生活在哪里——我从未离开我的岛。"

夜更深一些的时候，我回到了古老的港口城市英雄港（Angra do Heroísmo）的酒店中。我能从酒店里看到巴西山（Mount Brasil）。山的轮廓好像斯芬克斯，前腿伸入大海，守卫着这座城市。山上有一座纪念碑，纪念的是这座城市在"地理大发现"时代所扮演的角色，这一点也在城市各处的设计上体现出来，如锻铁阳台、部分宫殿屋顶上的屋脊设计，以及多座城市广场。它们低声呼唤着哈瓦那（Havana）、卡塔赫纳（Cartagena），以及中国、巴西等地名,而这些地方反过来也沾染上了葡萄牙的风格。

16世纪的历史学家加斯帕尔·弗鲁托萨(Gaspar Frutuosa)将亚速尔称为"全球停靠港",英雄港则是该地的主要港口。

全球有两股稳定的风,在北半球以逆时针方向吹拂,在南半球则以顺时针方向吹拂——这便是贸易风。在航海时代,航路依赖的就是贸易风和洋流。满载金银的大型帆船要从"新世界"返回欧洲大陆,必定会经过亚速尔。英雄港一直以来便是航路上的十字路口,这样的大融合之地往往有着特殊的魔力。

船坞中,船只的灯光在水面上画出歪歪扭扭的彩色线条。月光照射在酒店前鹅卵石路的黑白图案上。20世纪80年代,此地发生了一场灾难性的大地震,我得知,当地人在震后还试图将每一块鹅卵石归于原位。

时差令我无法入眠,我想要出去走走。我问前台的格蕾丝凌晨两点出门散步是否安全。

她满脸困惑。"你可以去你想去的任何地方,"她说,"别担心。这很安全——按葡萄牙人的想法,现在还早呢!"

特塞拉岛上的犯罪事件有家庭暴力、违禁品走私及偷窃,但几乎没有人听说过随机暴力案件。

我漫步至主广场,一边吃着开心果冰激凌,一边听人用吉他弹了一首埃里克·克莱普顿①的歌。一条漫长的海岸堤道吸引了我。靠海的一侧堆满了巨大的消波块,用于吸收海浪的冲击力。它们大多标有序号,仿佛是有个体格巨大的小孩想要记录自己的玩具,但实际上,这是为了方便工程师从航空照片中监测消波块的具体摆放方式。我一路走到堤道的尾端,爬到海港一侧的石块上,半梦半醒地坐在黑暗中,看着这座散着柔光的城市。步道上不时有脚步声传来,但我对此并不担心。

在家的时候,我并没有关注到自己其实一直在戒备的事实:走向自己的车子时,我会拿出钥匙,以防坏人随时出现。这就是常态。我采访过一个来自加利福尼亚斯托克顿(Stockton)的年轻人,他到斯坦福大学后住在优雅而富裕的帕洛阿尔托(Palo Alto)。他说,他在这所名牌大学获得的最令他震惊的事情是,正常人并不会整晚都能听到枪声。

仅仅是独自一人放松地坐在这片黑暗中,就让我意识

---

① 埃里克·克莱普顿(Eric Clapton),英国歌手、作曲家、吉他手,曾获18座格莱美奖。——编者注

到此前的我一直在无意识地让自己接受"事情就是这样的",接受"暴力总会存在"的念头,从未发现在其他地方事情并不如此。当然,我父亲对此也有一种说法:"河对岸的人可能行事方法不同。"在这里,"河对岸的人"变成了"大洋中央的人"。

我很喜欢我自己的、个人的第十岛的概念,它将由我想要留住的事物组成。就从在我的内心开辟一片空间开始,在那里,前台服务员被一位女士问及独自散步是否安全时会满脸困惑。

在回酒店的路上,两位男士从我身旁经过。别担心。这里没有——我一关闭内心的安全监测装置,就立刻成了晚间新闻上被展示驾驶证的失踪人员——这样可怕的转折。

两人中较高的那个说:"*Boa noite.*"(晚安)

"*Boa noite.*"我回应道,这正好是我会的二十个当地词之一。

他立刻就随口蹦出一连串我听不懂的句子。

我说:"*Não falo português.*"(我不会说葡萄牙语。)

"好吧,这样的话,"他切换成英语说道,"我们就得教你一点了。"

他自我介绍说他是一名消防队队长。但我误解了他所说的话，我以为他说他的名字叫谢夫（Chef），这也就成了我给他起的绰号。①他年轻的时候，也就是还没有结婚也不具备任何责任感之前，跟着美国电视节目学英语，用来追求每年夏天来这里的葡萄牙裔美国女孩们。如今的他很高大，但当时他又瘦又矮。因此，他觉得学会英语是他唯一的竞争力。

他说，他人生中最可怕的一刻出现在他十三岁的时候。那时他的调情对象之一突然出现在他和朋友们的露营地里。她爬进了他的睡袋。面对这样一场胜利，他还完全没有做好心理准备。他扭动着钻出袋子，一路跑回了家，边跑还边跳过了几堵低矮的石墙，一副正在逃命的模样。他仍然记得那一片片在狂奔路上踩过的田地，薄荷的香味被释放出来，霎时扩散到空气中，而与陌生人的肌肤接触又使这一切变得更令人兴奋不已。

此时，他正带着一位来自葡萄牙本土的亲戚四处转转，这位亲戚喝了太多 *aguardente*（烈酒）②——或者用美国人

---

① "消防队队长"的英文"fire chief"与人名"Chef"音近，因而成了这位男士的昵称。——译者注
② *água*（水）+ *ardente*（火一般的）=烈酒，此为原文内容。——编者注

的说法，月光①。那位亲戚正躺在长椅上。

"帮我一起看着这个孩子吧，"谢夫说道，"我喜爱我的岛，我认识岛上每一个人。你想知道什么我都能告诉你。"他已经知道特塞拉岛上来了一个美国作家，因为正如他所说，这是一座很小的岛。

他翻起了手机里的联系人名录。"哦，这家伙正在建一座生态博物馆——你得和他聊聊。"他说着便开始拨号。

"现在是凌晨三点。"我说。

"嗯，他确实有可能睡了。"谢夫说道，露出了一点怀疑的神态。

当了一辈子夜猫子的我对"可能"这两个字感到很满意。

那位亲戚坐起身来。他对着空中伸出一根手指，仿佛是在测试风向。他清了清嗓子。"亚速尔最美好的一点就是这里的人相比豪宅豪车更热爱大海。"他如是宣布。

我问他，既然这么喜欢特塞拉岛，为什么还要生活在里斯本。

"因为我有豪宅和豪车。"他说完又躺了下来。

---

① 月光（moonshine），即自家酿造的高度酒。在美国实行禁酒令时，酿酒者为避免被发现而常常在夜间进行蒸馏，因此，他们用"月光"一词来指代私自酿造的酒。——译者注

哗啦，哗啦

我住的这座酒店不大但很雅致——光滑的木栏杆，石头台阶，穿燕尾服的服务生。餐厅有一个能俯瞰海湾的阳台，每天早上的自助餐就在这里供应。作为对美国和加拿大饮食习惯的认可，角落里的加热餐盘上有煎蛋、香肠和薄饼。

但我更喜欢这个免费住所提供的葡式早餐。岛上出产的新鲜芝士从不断供。这种芝士口感柔软温和，又带有一丝丝后劲，令人想要再来一口以细品口中的滋味。它是由牛奶制成的。奶牛在岛上四处可见，它们或走在道路中央，或站在长满蓝色绣球花的树篱旁。我在特塞拉岛上见到的交通堵塞都是奶牛在挤奶时间横穿马路造成的。一系列面包在等候着与芝士搭配：厚而硬的面包壳、有嚼劲的面包体；厚而硬的面包壳、蓬松的面包体；还有各种甜度的甜面包。此外还有肉类、酸奶、糕点、麦片和各类热带水果。不过于我而言，面包、芝士、一点当地产的葡萄以及一小杯葡萄牙浓缩咖啡（被称作 *cafés*）才是精华所在。

负责三餐的服务生不变，总是那三个年纪较大的绅士。我只在酒店吃早餐，因为早餐包括在房费内，但我走出酒店时，那几个正在为午餐布置餐桌的服务生总会向我挥手。后来，若是我在这座老城里漫步时碰巧路过酒店，他们甚至还会在点单中途停下来向我挥手。晚餐高峰期之前的时间段里，他们会在阳台上看海，此时的我正走向海堤，我们总会喊话互相问候。夜间我回酒店时，他们已经在收拾餐厅了，我们便会互道晚安。

我们互相自我介绍过，但是我对葡萄牙语发音不熟悉，导致我只知道三名服务生的名字里都有 "zhhh" 这种音节。我依照惯例，就只是称呼他们为 *señor*（先生）。我感觉这一称呼听起来比美国的"嘿，你"（Hey, man）甚至"先生"（Sir）都要友善得多。

这个时间岛上的游客还不多，作为一个非葡萄牙裔美国人，与岛上另一侧的军事基地没有任何关联的我成了一个新奇的角色。幸运的是，服务生的关注让我产生了一种亲切感。我很享受回到"家"时有人可以互相问候的感觉。

认识岛上每一个人的消防队长谢夫认真地担负起了特塞拉岛大使的角色。他住在岛上另一边的一个小村里，但大多数日子里，他会开着一辆他从十七岁起就拥有的红色福特野马，于轰鸣声中来到英雄港，来接我并把我送到他认为我该见的人面前，以让我真正了解亚速尔群岛。我们拜访了一名牧羊人、一名渔夫、一名博物馆策展人及一位一百零一岁的老人，老人说起话来清晰流畅且颇具诗意——如果谢夫的翻译靠谱的话。

谢夫认为我所计划的两周时间并不足以让我真正认识特塞拉岛。他告诉我，他的花园里有个未完工的车库，他可以将之改建成一间公寓供我住，而他相信他的妻子和孩子们都不会介意我在他们家吃饭的。他坚信是时候让外面的世界深入了解亚速尔群岛了。这是个相当慷慨的提议，但与我的目标并不匹配。我不太清楚我的目标究竟是什么，但"作为美国人却住在他人车库里且每日去主屋享用免费三餐"的主意没那么吸引人。

若泽和路易莎也都是热情的向导。他们有一艘快艇，每到下午，等到若泽结束他电视维修工的工作，且路易莎结束她的办公室工作后，我们就会向着大海进发。通常情况下，我们会前去被称作鹦鹉湾（Parrot Cove）的地方。若泽关掉引擎，快艇就变为跳水板。我们跳入水中，哗啦一声——每个人都回到了七岁。我们从冰冷而带有咸味的水面浮出，喘着气，大笑着，在一座小小岛的悬崖下游泳。我会不停地观察头顶飞过的鸟，试图找到为这片海湾命名的鹦鹉。直到后来我摊开一张地图，才意识到他们说的是海盗（Pirate）湾。

我不会说葡萄牙语。若泽说的英语很少有我能听懂的。但他得不到人理解时就会变得异常急躁，于是无论他说什么我都点头认同。路易莎所说的英语则可以分为两种句式："我喜欢……（名词或动词）"和"我不喜欢……（名词或动词）"。终于学会一点葡萄牙语后的我也采用了这一策略。

令我惊奇的是，仅靠挤眉弄眼、比比划划、一个接一个地往外蹦单词和借助双语路人的帮助，我们之间竟能交换如此多的信息。在语言不通的情况下，我得知若泽和路易莎都是二婚。两人深爱着对方。他们都很快乐。若泽认为这可以归因于两点：

- 路易莎很美。
- 他们每晚都会冥想。

若泽从网上购买了有关脑电波（这是我通过打手势得出的结论）的书籍，并且借助录像带学会了如何冥想。

一天夜里，我在一个按我此前生活的地方的标准看来已经很晚的时间离开酒店——那个标准很难匹配我的时间表。我走向海堤去看海。这是我冥想的方式。我路过一对对情侣。广场上满是成双成对的人，仿佛在诺亚方舟上。我感受到了孤身一人的刺痛感。

在防波堤的尾端，有一名男子坐在我通常坐的石块上。我打算转身离开，但他说道："别走。看我的'客厅'里还有这么多'椅子'呢。"

我爬上另一块石头，我们开始乒乒乓乓地唇枪舌战。不过对我来说，当下的情形比对话中的玩笑更有意思，因为这样的场景并不常见。你很少会走出门，突然被强烈的孤独感击中，最后竟坐在海边的石块上，一边看着城市的灯光在海面上摇曳，一边同一个帅气的葡萄牙男人开起玩笑来。当然，除非你就生活在一座岛上。

我们走回港口。我们站在了我的酒店门口。玩笑声渐渐平息了下去，变成略有些分量的短暂停顿。一股磁力慢慢地将我们拉近，我们的脸渐渐靠近对方。我心想着，他要吻我了。自青春期以来，我还从未有过这种心跳加速的紧张感。

中途，我们的脸相距大约一英尺时，他突然抓住我的手放在了他的胸口上，说道："你能感觉到我的心跳有多快吗？十几岁以来我从未这样过。"

"我也是！"我说道。

我们谈论起了这种感觉是如何在不知不觉中悄然消失，如今又如何与陌生人一同拾起了它。这是因为我们并不相识，还是说存在一种无人解释得清的运作机制？无法解释的事物是真实存在的吗？

这样的对话颇具启发性，但我思考的却是那个吻去了哪里。

随后他说："听海浪的声音。"

我们听着海水缓缓地拍在海堤上：*哗啦，哗啦，哗啦*。

他没再说话了。

我们继续听着海浪声。*哗啦，哗啦，哗啦……哗啦，哗啦*。

他还是没有说话

我们两人站在人行道上，竖起耳朵朝大海的方向听着。

随后他说道:"这真是做爱的完美伴奏。"

呃。

不过还没说完。

"把注意力集中到你的手肘上。"

什么？我心想。这是一句很像英语中的"把注意力集中到你的手肘上"的葡萄牙语吗？

然而不是的,他最近在读一本有关意念力的书。书上说人可以自行放大感觉。他告诉我必须将所有的感觉都集中到手肘上,竭尽全力专注于我的手肘。

好吧,试试吧。我全神贯注于手肘上。出现了一点刺痛感。虽然我很难将手肘归于容易出现刺痛感的部位。

"你还可以将这种技巧应用在其他部位上。"他说。

我们再次面对面地靠近对方,但这次我开始思考这么做真的没问题吗,我当时正牵涉其中的那段断断续续的关系是否*真*的结束了。(因为我很久以前就决心戒掉一切断断续续的关系,早前的那些愚蠢行径已经变为一团难以分辨、模糊不清的浪漫谜团。)就在那时,正当我们就要接吻时,我注意到那三个服务生和一个勤杂工正站在酒店阳台上看着这一幕。

"看那些服务生!"我说道。

哗啦，哗啦

我突然意识到，这座岛上的很多人都认识我，而他们常常同加利福尼亚的亲友们聊八卦。或许我应该表现得更像是一名值得尊重的新闻记者，而不是孤独寂寞的度假人士。

"看那些服务生，"我再次说道，"我得进去了。"然后我就离开了。

多年后，我在葡萄牙本土与这名男子见了面。他告诉我，他以为"看那些服务生！"是一句他从未听过的美国俗语，因此在第二年的夏天不停地问来岛上的亲友们这句话到底是什么意思。

回头看看我第一次来特塞拉岛的经历，最令我惊奇的是我记得其中所有的高光时刻——几近实现的吻、在海盗湾游泳、与阿尔贝托一同跳舞——回忆起这些就像是在看一部电影。这些情节一幕接一幕地上演，我只是一名观众。此外还有一些时刻，它们一旦在我脑海中浮现，就能立刻抓住我的脚踝，超越时空的限制把我传送至岛上，让我即刻闻到大海的味道，感受到海风的吹拂，然而在当时，我认为这些时刻都不过是在浪费时间。

在到达岛上的第一周里，我每天都直到下午才起床出门。我每天醒来，听着人们登上台阶去享用早餐，闻着咖啡的味道，听着孩童的尖叫声，与此同时，酒店前的小沙滩上的人也变得越来越多。我花费数小时的时间责备自己，督促自己行动起来："你穿越大洋，你来到这个被联合国认定为具有世界性文化意义的城市，外面有各种各样的人，也有各种各样的机会——起来！"

然而，我从白色枕头上把自己撑起来，看着通向小阳台的法式门前的窗帘随风飘动，脑海中出现的是我仍能记起一部分的思绪。我有一则理论（自然如此）。

懒散的重要性理论

> 该理论认为，没有什么比可以用来浪费的时间更重要。最有意思的事总是藏在懒散地在床上躺着、磨蹭、拖延的空白空间里等着被发现。只有这一小部分宇宙空间是真正属于你自己的。

由我这样懒惰、早上起不来床的人提出的这般理论，可以理所当然地被认为是自私自利且靠不住的。不过在20世纪30年代，中国作家、翻译家、语言学家林语堂出版了《生活的艺术》（*The Importance of Living*）一书，该书是当时最具影响力的作品之一。我在威尔·施瓦尔贝（Will Schwalbe）所著的《为生活而阅读》（*Books for Living*）中

读到了它。在书中,施瓦尔贝颂扬了他所读到的几本最有助益的著作。他摘录了这样一段文字:

> 我也觉得蜷腿睡在床上,是人生最大乐事之一。两臂的安置也极关重要,须十分适宜,方能达到身体上的极度愉快,和心灵上的极度活泼。我深信最适宜的姿势不是平卧床上,而是睡在斜度约在三十度的软木枕头上,两臂或一臂搁在头的后面。在这种姿势当中,不论哪一个诗人即能写出不朽的佳作,不论哪一个哲学家即能改革人类思想,不论哪一个科学家即有划时代的新发明。[1]

在我首次前往亚速尔群岛并于懒散中消磨大部分旅行时光时,我还没有读过这段话。然而在这间小小的海滨酒店中,我不知怎么就听从了林语堂对于获得"最大程度的审美享受和意念之力"的精准导引。

---

[1] 引自林语堂《生活的艺术》,陕西师范大学出版社,越裔汉译,2003年12月。——编者注

绳子上的公牛

我在飞机上遇到的菲洛梅娜和格拉迪丝(我的古巴裔葡萄牙语老师)在酒店里给我留了一张便条,邀请我一同参加"绳子上的公牛"斗牛活动。我接受了,毕竟我是在特塞拉,而这是百分之百的特塞拉传统——虽然我感受到了一阵惶恐。

我们开车经过几座滨海小村庄,白色的屋子上装饰着圣诞彩带色系的饰物。我们最终来到当晚将举办斗牛活动的那个村子。街道上挂着白色的灯,到处都拥挤不堪,我们几乎无法从人群中挤出一条通路。当地居民已经开始钉上通往自家住宅的门板。按照惯例,如果你没有收到邀请,那么你可以找一户人家,询问是否可以进入他们的院子观看斗牛表演。菲洛梅娜刚询问第一户人家,他们就同意了。

（由她来问是因为她是我们中唯一能说他人听得懂的葡萄牙语的。）我挤在一群唱着美国流行歌曲的葡萄牙少女和另一群可能是这些少女的祖母的人中间，大家都坐在墙上。墙高约四英尺，我情愿这墙再高一些。公牛能轻轻松松地跳过八英尺的高度。我之所以知道这一点，是因为我生活在加利福尼亚的农村地区，在那里，新闻编辑室的扫描仪上时不时会出现"公牛逃逸，警方正在追逐"的桥段。

警告性的烟花嘭地炸开，人们四处散开，急匆匆地跑入房子和围墙后的院子里。几分钟后，又是嘭地一声，人们从牛栏所在方向狂奔而来，由此可知公牛已被放到街上了。

公牛出现在了我们前方的那段路上。每当这头牛将它的头转向我们这边时，我会立刻跳下围墙。这是一种本能：公牛一瞥，戴安娜就跳。一位年长的女性不悦地瞪着我。我每次先公牛一步跳下围墙时，都会踩进她的花园里，虽然我已经万分小心不要踩到她的花花草草了。我下定决心要像其他安坐在墙上的女性一样坚守阵地，即使我所面对的是一头不断逼近的公牛。

公牛转过身来，朝我们所在的方向奔来，又转身朝牵着绳子的牧牛人的方向跑去，在这种情景下，绳子已变得毫无用处。一名牧牛人跳上墙，我往旁边靠了靠，试图为他腾地方。另一边，那名漂亮的少女则一把把他推回到了街上。"除了牛，你谁也不能让。"她甩了甩那头亮泽的秀发对我说道。

牛离开这一区域后，我便看不到街尾正在发生的一切了。不知从哪里传来了阵阵尖叫声。人们伸长脖子，观察着公牛是否回来了。它重返这里时重重地喘着气，嘴边挂着厚实且呈泡沫状的口水。男人们挥舞着毛巾，对着它大声喊叫。不少此前没敢出风头的人变得胆大了不少，用脚蹬着这头已筋疲力尽的猛兽。直到牧牛人围到它身旁试图把它赶回牛栏时，它才怒吼起来，眼神中流露出在我看来愤怒又恐惧的目光。

这一桥段重复上演了三次，主角为三头不同的公牛。等待的时间很长——等待公牛被赶进牛栏，等待小岛主干道上因为公牛出动而被堵在另一侧的车辆通过。我感觉漫长的暂停时间对我身边的这些女孩来说绝不无聊。每当有年轻男子或是卖饮料和糖果的小贩经过时，她们总会用手肘碰碰对方，咯咯地笑个不停。

在还没见到第四头公牛时，我就已经意识到它比之前的都要更大、速度更快且更具攻击性了。我身后的一个人朝着旁边的孩子们喊道:"离开围栏,快!"他是用葡萄牙语说的,但我完全能听懂。与菲洛梅娜确认之后,我发现自己理解得一字不差。

街上的两名男子通力合作,拿着伞走在公牛前方。公牛发起猛冲时,两人就会各自转开,留下公牛从两人中间冲过去。人群发疯了一般鼓着掌,敲击着围墙。这一定引起了公牛的注意。它转过身来,朝着我们对面的墙冲去,约五十人重重地朝后方倒去,腿在空中乱舞。我大笑起来,又感到一丝丝内疚,弗兰克的书说得没错:斗牛活动确实兼具戏剧性和喜剧性。看起来没有人受伤,我猜测这是不是因为人们已经连喝了三场,大多数人已经像兔子耳朵一样直不起身来了。

"绳子上的公牛"活动通常会放出三到四头牛。他们说第五头牛就是第二天的宿醉。街上一些人的醉酒程度让我万分震惊,我以为他们一旦发现自己已进入公牛的视野就会立刻清醒过来。

我的想法是错误的。

这头牛挑中了一个满头大汗的胖子。根据他穿着的冲浪风格服装来看,我认定他是一个来自加利福尼亚的葡萄牙裔移民。这名男子跑向我们所在的这堵较矮的墙,试图跳上来。然而他不像那些身手矫健的牧牛人，他没能成功。他攀在墙上，头和肩膀在我旁边不断挣扎着，硕大的屁股凸在墙外，成了当之不愧的靶心。我们中的几个人抓住他的胳膊试图把他拉上墙，但他觉得这一幕可笑极了——没人提得动这"袋"傻笑个不停且醉醺醺的重物。公牛前后活动着它的头部。我的胃里一阵翻腾。我就要目睹一个人被牛顶伤了。

这人还有半个身子挂在墙上。公牛低下头去——此前提到的那两人跳到了公牛的前方。他们在牛的两侧挥动着红伞。牛仍然紧紧盯着"胖针垫先生"，而这位先生则仍然哈哈笑着，满身散发出酒味和汗臭味。不停挥动的红伞终于吸引了公牛的注意。它转过头去，它冲向红伞。手握红伞的人绕了一圈，然后轻轻松松地跳过了另一侧的围墙——没有直线助跑，牛是无法越过这堵墙的。这头猛兽于是缓步跑过了这条街。公牛一从我们的视线中消失，我和另一位女士就极其反感地看向了我们试图解救的这位男子，似乎都觉得他不如被顶伤得好。我仍然能够记起那张如疯子般大笑的脸。

斗牛视频成了配套产业。第二天走在英雄港的鹅卵石路上，我发现商店橱窗和酒吧里都在放精彩集锦。电视上循环播放着人们被牛顶、被甩在地上或是欢呼雀跃后寻找自己掉落的眼镜的场景。

我和谢夫约了在广场喝下午茶,在这能俯瞰海景,几周前,这个广场里也举办了大型斗牛活动。我看了一段横冲直撞的公牛冲进水里并撞翻一船青少年的视频。谢夫问我首次观看这类活动有什么感想。

我告诉他,我为这些公牛感到难过。

跳水板笔记

几天后，我穿过爱丽丝的魔镜、纳尼亚的衣橱、哈利·波特的九又四分之三站台——或是任何能将主人公传送回现实的关口——回到了加利福尼亚。我开始怀疑此前的那些美妙经历是否真的发生过。

显然，我需要返回亚速尔。

我有一个计划。在接受弗兰克的提议前，在前往特塞拉岛之前，我曾试着申请一笔记者补助金来撰写有关亚速尔移民群体的故事。我所收到的制式拒信底部还有一行手写文字，告诉我该项目已有资助者，推荐我下一年继续申请。在我尚未去过亚速尔时就收到了手写的"很抱歉通知您，但是"信？我认为这称得上是一场胜利。下一次肯定能成功。

我花了几个周末探索加利福尼亚的亚速尔人城镇，开车去了图莱里、特洛克（Turlock）和希尔马（Hilmar）。我递交了第二份申请，然后开始等待。

作家曼利试图理解我的这种执念。他得出的结论是，或许我其实是个葡萄牙裔，虽然从长相上全然看不出来。我的血统是个谜。我没有明确的族群身份，而对于作家曼利来说，一切都与血缘有关。他是亚美尼亚人。他将自己这种热烈的性情归因于他们这一族群来自古老的亚美尼亚村庄穆什（Moosh），该地位于今天的土耳其东部。

我将这件事讲给一个亚美尼亚家族听，他们很早就将我纳入了他们在弗雷斯诺的氏族内。我说我觉得这种说法很可笑。

"不，不。这没错。"男主人阿尔门说道。"他是个容易愤怒的人？"

"我觉得更像是充满正义的怒火，总想着将这个世界扶上正轨。"我说道。

"不是的，"阿尔门说道，"来自穆什的人就只是单纯的愤怒而已。"

我从不认为基因定义了我，但我开始思考作家曼利可能说得也没错。或许这就是有关家族问题。哈玛耶勒家族

（Hamayelians）就是我所属的族群,即使他们把我称作他们的"*odar*"——"外人"。

我初次与欧迪和阿尔门相识时,他们正于弗雷斯诺市中心经营着一家家庭式小餐馆。我常常坐在他们的吧台前快乐地吃着烤肉,而阿尔门便会来骚扰我。他会说,我看起来压力很大,得找个男人一起生活,这样我就可以不工作在家待着了。他就是想要看我目瞪口呆的样子,我知道这一点,但我还是会表现得很吃惊。一天,我谈起我在加利福尼亚没有任何亲人,更不用说丈夫之类的。女主人欧迪差点摔掉了一只杯子。他们互相看了一眼,仿佛我刚刚和他们说我是从另外一个星球来的。对他们来说,一个人可以独自生活简直不可思议。很快,他们就邀请我共进早餐,一同喝茶并参加他们的感恩节晚宴。

如今,我带火鸡填料去参加感恩节聚餐的传统已延续了十几年,虽然我更喜欢的是夹杂腌渍橘皮的波斯米饭。他们的小餐馆已经被联邦法院的大片停车场取而代之。但在他们家里,我喝下了一杯接一杯的茶,也常常浮在后院的泳池中和他们一同回味当天的开心事。

阿尔门和欧迪与他们的三个儿子——帕特里克、雷尼、阿尔比——一起留在了美国,这是因为1979年伊朗人质危机时他们正在宾夕法尼亚度假，他们的护照瞬间变得毫无用处。

1915年至1917年，奥斯曼土耳其对帝国内的亚美尼亚人实行种族大屠杀，杀害了大概一百五十万人，而在这之前，亚美尼亚人在伊朗（当时的波斯）的定居史已长达数百年。在伊斯兰革命之前的伊朗，亚美尼亚人能够信奉自己的宗教，拥有自己的学校，并且与他们的穆斯林邻居友好相处了至少四百年。据阿尔门所说，这就是为什么亚美尼亚波斯人的性格没有弗雷斯诺的亚美尼亚人那么阴郁，后者那几代人的经历可以追溯至种族大屠杀。

阿尔门在不试图用带有性别歧视意味的荒诞玩笑刺激我的时候，是一个性情温和的人，但他告诉我，他在伊朗时十分传统且严厉。他说，欧迪就连去看望自己的母亲都要经过他的同意。"不过我来了这里后，发现男人们对待家人都友好和善，我就想，*还是这样更好*。"他回忆说。

他们已在弗雷斯诺生活了三十多年，但欧迪仍然会在梦中闻到每天早上送达的新鲜亚美尼亚扁面包（lavash）的香味，看到厄尔布尔士山脉上的积雪和里海海面上洒落的阳光。阿尔门常常给我看伊斯兰革命前德黑兰的照片，照片中的那座城市现代而又富有活力。

在中央谷地,每一场发生于遥远之地的战争、饥荒和独裁统治都会为工厂和田地带来一波新的移民。正是如此,加利福尼亚的农业小镇变得比谁都"全球化"。

我书写那些想念回到墨西哥的山间石筑教堂做弥撒的人,那些想念老挝稻田的人,那些想要回阿富汗的高雅庄园里品读诗词的人。他们思念香茅草、香蕉树、"真正的"辣椒和土坯房,他们渴望见到寺庙、瓷砖装饰的清真寺、格兰德河①、仙人掌、玫瑰水、咖喱角,还有花香十足但一喝便倒的高度酒。我身边满是这样的流离失所之人。和每年夏天都能返岛的亚速尔移民不同,这些人所思念的正是他们已永远失去的事物。

我迷恋于这种能够回归的状态,这可能和我自己的经历也有关联。我父亲因肺癌去世时我十六岁,当时我们家因为高昂的医疗费而不得不搬迁到租金越来越低廉的地方,最后住进了高速公路匝道旁的出租屋里,那间屋子的窗户上还钉满了铁栏杆。父亲去世的那天晚上我去跑步了。我很少跑步。我的速度很慢,还常常胫骨痛。不管怎

---

① 格兰德河(Rio Grande),北美洲第五大河流,流经美国和墨西哥。——编者注

么样，我跑了起来。我跑过酒类商店，跑过公寓楼——它们的名字能让人想起它们所取代的柑橘林：柑橘公寓、橙花庄园、林中公寓。这些楼房上都贴着"首月租金免费！"的标语，仿佛生怕你看不出来——若是有别的选择，没人愿意住在这里。

我一直跑着，直到耳朵里响起了沉重的心跳声，双腿发颤，肺部感觉要烧起来了。我跑到一个小公园里，城市会让开发商建造这样的公园，以弥补为建造那些丑陋的公寓楼而砍掉的柑橘林。我不顾一切地躺倒在草地上。全身心地感受着沉重的呼吸和有力的心跳。

我感到地面正在支撑着我，在我上方，星空一直延伸至无尽的虚空之中，而我的父亲就在那片虚空里。我体会到了无边的广阔。我活着，我想，对自己的呼吸感到惊奇，因为我已经体会到了它有多脆弱。呼吸是脆弱的。我闭上眼睛，感觉自己不过是一个点，但又是宇宙的一部分，如果你停下来，便能体会到宇宙的转动。

一年后，我的母亲贝弗利死于肌萎缩性脊髓侧索硬化症，但就连医生都说是她内心的痛苦加速了病情的恶化。虽然我再次体悟到了与一种更广大且超然的事物之间的联系，但我也感觉一切我所熟悉的东西都渐渐离开了我。自那时起我便开始担心,在这片广大的互相联系的点阵之间,并没有一个点属于我。我害怕我注定要漂浮不定。这正是为什么我喜欢移民的故事:位置、分离、身份,以及弄清楚什么仍在那里而你却没有。

回到与阿尔门的对话。他仍在谈论亚美尼亚村庄以及这些地方的后代在三千年后仍然奇迹般地共享的特质。有一个村庄的人爱发号施令,一个村庄尖酸刻薄,甚至还有一个村庄腿肚子粗,虽然我并不认为这一点可以算作个人特质。

怪不得这周早些时候,一个从未去过亚速尔的加利福尼亚年轻人和我解释说,他参加派对是因为他祖父母是从特塞拉岛来的,当时我并不觉得有多奇怪。"你知道有这么一种说法,'这里有八座岛和一场派对,那就是特塞拉!'这是我的天性。"他说道。他手臂上的文身图案正是他从未去过的那座岛。

帕特里克的妻子,也就是欧迪和阿尔门的儿媳艾琳在血缘决定论的战场上通常是我的同盟,但此时她打断了阿尔门。她说,虽然她的昵称是"胆小鬼",但因为她父亲来自卡扎泽(Kazaz),所以她成了一个勇敢的胆小鬼。卡扎泽的人以勇敢著称。

艾琳与我初次见面不久后，便告诉我她人生中最快乐的时光是在西班牙度过的，当时的她是一个亚美尼亚裔伊朗难民。她不被允许去工作或上学，因此她学了弗拉明戈舞。那天她教了我一些舞步。我教了她爵士手（这一交换并不公平）。我知道我很想和能在难民经历中找到欢乐的人做朋友。

有意思的是，虽然他们不停谈论着亚美尼亚人是这样的，波斯人是那样的——更别让他们开始说普通的美国人如何如何——欧迪和阿尔门的故事却总是证明了个体无法被轻易套入刻板印象中。

在伊斯兰革命期间，住在德黑兰的欧迪正怀着阿尔比。她早早上床，为的是用睡眠躲过游行示威的高潮时间。然而每天晚上，她的邻居们都会爬上屋顶，朝空中开枪，大喊"美国去死！"。

她去了邻居家。"你们信仰的宗教没有告诉你们'真主不喜爱给近邻带来不快的人'吗？"她如此质问她的穆斯林邻居，"你们给我带来了不快。每晚你们都会吓到我。"

对方道了歉。那之后，他们总是会先到她家，敲门，礼貌地告诉她他们就要爬上屋顶开枪并且大喊"美国去死"了，这样一来她就不会被吓到了。他们说，他们必须这么做。否则其他邻居会举报他们,说他们不是忠实的革命人士,他们需要保持低调不引人注目,因为他们正计划移民美国。

令人意外的是,我竟把这些故事记得如此清楚,和哈玛耶勒一家往来的经历让我知道了,家庭成员一多看起来就好像没有人在听任何人说话。

上一个圣诞节,我从晚餐桌上偷偷溜走,来到室外的跳水板上,趁我的记忆还在的时候记下了对话内容。

跳水板笔记

欧迪告诉阿尔伯特(这家人在伊朗认识的朋友),我办了一场鸡尾酒派对,他们在派对上见到了我的亚美尼亚作家朋友,她觉得他睿智而且"很辣"(smokin' hot)。欧迪说一口流利的英语,但面对引申义会束手无策。不久前我告诉她,如果美国人觉得一个人长得很好看,就会说对方"很辣"。

阿尔伯特二十二岁的儿子坐在我身边,低声问:"她觉得他很辣?"

我低声回应道:"她还觉得我和你都很辣呢。

这只是她的一种说法。"

坐在我另一边的阿尔伯特低声问道："你在吸大麻（smoking pot）？"

坐在我对面的帕特里克在一片嘈杂声中听着我们说话，说道："不，我不喜欢吸大麻。"

阿尔门听不太清，对帕特里克说道："你喜欢吸大麻？！"

阿尔伯特低声对我说道："大麻也不赖。不过我还是喜欢威士忌。"

欧迪完全忽略了他们的交头接耳，给了她的叙述一个十分夸张的结尾："而且他是个出色的作家！"

如果知道我要经历无数场这样的对话，你可能会觉得，拿到那封通知我能否得到补助金的信后我绝不会先去他们家。但我在拆信之前就直接开车去了那里。晚餐时间，我拆开了信，将它放在桌子底下读了起来。我没得到这笔经费。我的心沉了下去——这不是在套用陈词滥调；我胸口附近有什么东西直直落到了胃里。在我的脑海中，我看到自己第二天、第三天都去了报社的办公室，从不离开办公室去报道和讲故事,而是坐在荧光灯下的办公桌前,以越来越快的速度机械般地输出博客文章。我想要有人问起我这笔补助金的事,但大家只是沉默地坐着。我说不出话来。终于,欧迪问我有没有什么新消息。

"我没拿到。"我很小声地说。

"好吧,那你也没想要,"欧迪说,"我也不喜欢他们。"

"这是在说什么?"阿尔门说道。

"有个没多好的组织没有选中她上岛那件事。"

"岛?"帕特里克说道,"这是在说什么岛?亚速尔吗?那里有珊瑚礁吗?"

"珊瑚礁可太有意思了。"阿尔门说,"它们很重要。"

"你知道吗?"帕特里克说,"你得再试一把,不过这次要选有珊瑚礁的岛。"

"别再找同一拨人了。"欧迪说,"我不喜欢他们。不过珊瑚礁是很有意思。很多生物生活在珊瑚礁里。"

艾琳什么也没说。她用沉默表达了对失落的我的同情,而我们身边的人已经替我决定了我应该研究珊瑚礁。

那么,飞吧

你做出调整。你和朋友开玩笑。你到了周末就去徒步,你不把时间都花在思考自己如何一头撞进可以真正全身心投入的事情上——取而代之的是,你坐在办公室里,上下左右调整着自己的椅子,徒劳地安抚着因被迫不做任何举动而尖声大叫的身体;你写着热点故事,你不愿意你的名字出现在这些故事旁。

你甚至开始打探珊瑚礁的事。

这并不是说我忘记了亚速尔群岛及该地与加利福尼亚和美国移民故事的关联,但总是有截稿日期在等着我,而我的眼睛总是盯着下一个要完成的任务。

一天,我无精打采地坐在办公桌前敲着字。我已转到特稿部门,正在分享制定新年计划的小技巧。我一边思考着要怎么把一个写起来就无聊透顶的故事变得读起来趣味十足，一边在转椅上转来转去。收到新邮件的通知叮地响了，我打开一看，是谢夫写来的。"新午快乐！"（"Happy New Ear!"）邮件写道，这时正值一月，而他的书面英语不及口头对话那么娴熟。我能闻到大海的味道。我能听到谢夫的笑声。我写了一封回信，告诉他我希望他正在海中潜水，而不是坐在荧光灯下。

我最好的工作伙伴芭芭拉担心起了我。我给芭芭拉起的绰号是塔斯，因为她总能对着这个世界发表出一通让人爆笑不已的咆哮式牢骚，那模样和被称作塔斯马尼亚恶魔的袋獾一模一样。最近，她把这个世界暂时放到了一边，主要是在谴责我没有好好发挥我的才智。她认为我应该找到我真正想写的东西——找到我的使命。说起来容易，做起来难。自幼儿园起，我就是个杂家。在那时，我就很羡慕那些为蝴蝶而活或者把所有闲暇时间花在精进球技的人。这也是做新闻成为我的使命的原因之一。我觉得一切都很有意思，但又不能将某一件特别的事视作我自己的事业。

最终，是祈祷把我从阴郁沉闷中拎了出来，扔回了亚速尔。不是我的祈祷。是罗恩的。

罗恩是这份报纸的宗教栏目撰稿人。他极其善良，喜欢喷点古龙水，戴着一枚巨大的宝石戒指，以纪念1998年加州州立大学弗雷斯诺分校女子垒球全球大赛冠军，并且会在会议室里组织《圣经》学习——在会议室没被用来举行"血腥"的预算会议以决定头版内容的时候。我把罗恩视作一个自成的教会，香火、珠宝和对祈祷的呼吁一应俱全。每周日他都会去一个不同的教会，写作关于这一不同信仰的事。

听说他申请了自愿离职买断工龄时，我感到很惊讶。他考虑的是传教工作。我们报社有一个工会，根据规定所有人都可以申请这一计划，但要根据工作年限来排序。罗恩当然没问题。我则排在列表底部那个毫无可能的区间内。不管怎么样，我还是填了申请表，为了提醒自己要努力离开这里，找到真正的归属。

全国范围内的报社都在裁员，记者岗位一个接一个地消失。一开始，在《弗雷斯诺蜜蜂报》的我们只是远远观望着。我们是这个地区唯一一家报社，所属的报业连锁集团自豪于其家族所有和以社群为基础的属性，并且在不裁掉任何一名记者或摄影师的情况下挺过了无数艰难岁月。

与此同时，在中央谷地以外，投资人迫使全国最大的报业公司之一奈特·里德（Knight Ridder）裁掉了一大批编辑部，而该公司握有一连串普利策奖。2006年，华尔街要求出售该公司。《弗雷斯诺蜜蜂报》的母公司麦克拉奇（McClatchy）以四十五亿美元的现金和股票并承担二十亿美元债务的形式收购了奈特·里德。这是一个以小吃大的案例。麦克拉奇立刻宣布将出售奈特·里德下带工会的编辑部。如今，就连《弗雷斯诺蜜蜂报》也已经开始第三轮裁员。

我步履沉重地走进办公室，当天早晨公司将完成买断——或者说裁员，若是太多人改变主意退出这一计划。我知道即使我能留下来，允许我四处闲逛和探索的时光也不会再回来了。不会再有"人生片段"（slice-of-life）类型的故事了。如今的创作目标变成了能够在网络上疯传的故事。我唯一一次实现"疯传"目标的经历，得益于我创作的一则关于两个男孩在治安混乱地区支起刨冰（shaved-ice）摊的励志故事。我以为是闪耀在这则故事中的人性光辉让浏览量飞速上涨，然而热衷于网上冲浪的年轻前台海瑟指出，这不过是因为当天"小甜甜"布兰妮晒了能看到隐私部位的照片，导致大家纷纷搜起了"刮毛"（shaved）这个词。

我来到芭芭拉的桌子前，告诉她我可以预见在未来的日子里,我要不停地敲出"一男子在波特维尔遇刺"这样的文章,无意中让波特维尔(Porterville)听起来像身体的某个部位。我的办公桌在罗恩旁边。他身边围了一圈人。他正在和同事们说,他不打算接受买断协议。他一整晚都在祈祷,感到上帝仍想要他留在报社做更有意义的事。我查看了我的邮箱。芭芭拉发来消息:"他们要按部门来,不是整个报社,看资历!"罗恩和我同属特稿部门残余的一小部分人。

还有一则消息是一名编辑告诉我的。他喊我去他的办公室,向我提议了自愿离职计划,我签了自己的名字。我毫无计划。此前我没有真正考虑过这个可能性。面对这样的情况,我父亲的说法是……根本就没有这样的说法。他不赞成在找到新工作前就辞职。而我母亲常常在家唱着"虽然我们没有钱"①这首快乐的歌,所以……可能在世界的某个地方,会有人支持一个在财务上毫无收益的转变。

我抓起钥匙,开车去了阿尔门和欧迪家。阿尔门正在电脑上玩卡牌游戏。我和他说,我已经接受了自愿离职的

---

① 即肯尼·罗根斯(Kenny Loggins)风靡一时的《丹尼之歌》("Danny's Song")。——译者注

买断协议,条件是二十周的薪水。

"时间不长。"他说。

"天啊。这是个错误的决定,对吧?"我问道,呼吸变得急促起来。

"那得将来才能知道,"他说,"可能到那时候也还是不能确定。"阿尔门总是因为我仍是个未婚女性而担心我。不过现在他指出这也有可取之处。"你不用把这个消息告诉丈夫,也没有孩子要养。"所以事实就是:不会有孩子要挨饿,挨饿的只是我自己。

只有我自己来承担一切。此前不成功的自由撰稿人的经历让我甚至无法申请信用卡。我一直在为离职攒钱,因为此前的阿尔波之争把我的工作信用都败光了,然而每当我攒到一点钱,换新轮胎或是交税或是其他我本该计划在内的事情都会又把这些钱散出去。

欧迪正在厨房做我最喜欢的波斯风味亚美尼亚沙拉:奶油生菜、水煮土豆、凉薯、橄榄油和柠檬。我一边看着她搅拌绿叶子,一边夸张地输出长篇大论,诉苦说这不只关乎我工作的问题,还关乎新闻业的未来。失去我们叙述的故事、失去公共知识之源后,我们会变成什么样呢?我畅所欲言,做了好一番雄辩,甚至可能还先于《华盛顿邮报》宣告了民主死于黑暗①。

失去了祖国、丢弃了过去的欧迪对我翻起了白眼。"天啊，公主。他们把树砍了。你有翅膀，那么，飞吧。"（欧迪和阿尔门总喜欢给别人起绰号。他们第一次见到我的时候，想叫我斑比，因为看我手脚笨拙，有着棕色的眼睛，就像一头鹿。我反抗说斑比听上去就像妓女的花名。随后他们又起了公主这个名字，源于我那所谓极其优雅的体态。我感觉我没法连着否决两次，这就是为什么我有着一个与法国贵宾犬同名的绰号。）

也许在欧迪提出这一建议前我就已经有了主意。但我很喜欢她的说法，全然按字面意思接受了下来。拿到"我们花钱买你走"支票后的第二天，我买了一张回亚速尔的机票。

我很想知道这个世界是如何做到在你跳下悬崖时接住你的。有一点值得注意：你会先在空中猛降一阵，直到你伸展身体、做好腹部落水的准备后，救生筏才会真正出现。

---

① 即"Democracy Dies in Darkness"，《华盛顿邮报》于2017年起采用的官方标语。——译者注

在找到答案之前,我根本想不出如何才能得到特塞拉岛长途旅行的经费,仅仅因为我觉得那里有点什么值得注意东西——值得人们去了解。我想写一则广告,招愿意住在夏季热达近四十摄氏度的弗雷斯诺的租客,于是点开了分类广告网站"克雷格列表"(Craigslist)寻找灵感。有一位名叫马特的圣巴巴拉河流调查员正在我计划离开的这个夏季找地方住。我将房子转租给了他(别告诉我的房东),他至少会待到九月。

我打电话给加利福尼亚的葡萄牙研究课程主任埃尔马诺。他是我申请了却没得到的那笔经费的学术推荐人。我询问他是否知道有谁想出租特塞拉岛上的房子。他和我说,我可以免费住他的老家——他们常常把这间房子租给朋友。我从没和他见过面。我和他说我还没有明确的计划。我还不知道具体要写什么内容,也没有得到任何机构的支持。他说这都不影响他的提议。

现在回想起来,在我和埃尔马诺及他的妻子阿尔贝蒂娜成为老朋友后,我才意识到这段对话其实有多么异常。*没有明确的计划*这一表述,对埃尔马诺和阿尔贝蒂娜来说都很陌生。她在幼儿园教书已超过二十年。她会在旅程出发前问一整车的成年人是否去过洗手间了。她会在得知下雨概率大于20%后分发雨伞。有一次在他们家参加派对时,我带去的男伴注意到厨房墙上长长的待办事项列表。

"哇,这都是这个月要做的?"他问。

这是一周的量。

他们的一个老朋友插嘴道:"哦,这有什么。他们的两个儿子都还小的时候,有一次我来这里,这张列表上甚至写着'做爱'。"

阿尔贝蒂娜耸耸肩。"嘿,如果表上没有,那就不会发生。"她说。

这种程度的组织管理让我万分紧张。不过,我也是个忠实的列表爱好者。

　

亚速尔创作灵感:

- 加利福尼亚文化:
  - 亚文化?
  - 奶制品?
- 随便撞见什么。

分享情史

人们总是认为女性写的旅行相关作品会比男性作家的更私人化,更喜欢谈论个人的爱情故事(或是爱情的缺席)。人们会期望这一性别的人分享情史,却允许另一性别的人在享受爱情的同时保持沉默,我认为这不公平。不过话虽如此,我还是可以利用一番在当时悲惨得很的个人情感记录。

我同一个害怕纽扣的飞行员约会过。他小时候曾被困在被套里。我的一个朋友认为这一点没多大影响,并且拿她妈妈对格子图案的恐惧举例:"这种图案让她头晕。她不得不离开房间。"后来我又发现他也不喜欢拉链,于是我意识到,他只是想要对方一直穿着衣服。

我的朋友雪莉曾和我开玩笑说,我们的祖先一定来自地中海地区,因为我们都喜欢睡在吊床里,而这让某位人类学家几近落泪。"听起来好像你们甚至没读过玛格丽特·米德[①],"他气急败坏地说道,"你们是在宣扬帝国主义理论!你们在破坏个体能动性!"(或者类似的话。)他在我计划给他举办一场生日午宴的前一晚和我分手了。他告诉我,对他来说我的光芒太过耀眼了。

我在好友珍妮的肩膀上哭了一场。珍妮在一个黑人教会长大,她使出了她最擅长的福音唱诗班风格演讲。"*没事的,姑娘,你就是要闪耀,闪耀,闪耀*。记住,那个男人连个床头灯都比不过。"

我邀请了住在同一条街上的同事杰克·穆迪来吃掉为三十人的宴会准备的食物。穆迪很爱吃。整整一周,他每天中午都准时出现,一边吃着香柏木熏三文鱼、香料饭和烤蔬菜,一边说:"真高兴那个矮子教授甩了你。"

我曾迷恋上了一个玩飞蝇钓的人,他有着我所听过的最性感的声音,然而我的女性朋友们都觉得他听上去像是在常年吸毒。我就是没法让自己离开他。虽然很明显我应

---

① 玛格丽特·米德(Margaret Mead, 1901—1978),美国人类学家,美国现代人类学成形过程中的重要学者,被誉为"人类学之母"。——编者注

该远离他。穆迪认识他,常常在我面前模仿他那种寡言的深夜电台风格的声音。"晚上好——,我是里科·苏阿-韦①。"他表演得相当精准。

穆迪也好不到哪里去。芭芭拉和穆迪曾在另一家报社一起工作,因此他们结识得更早,她把他离婚后的那一串情史中的女伴称为"一次性女性"。"他绝不会和有可能跟他一样聪明的女性交往。"她告诉我。

我将这句话转述给了穆迪,他没有感到被冒犯,反而同意了这个说法。"我决定单身到底,"他说道,"等你结了婚并离婚后再来和我聊这个。"

在连续听了十四遍约翰尼·卡什(Johnny Cash)的《火环》("Ring of Fire")之后,我终于打破了苏阿-韦先生的魔咒——刺耳的音响声让我在真正的痛楚面前败下阵来。那之后,我再也没有中过类似的魔咒。如果你也面临相同的处境,可以考虑试试这种方法。

不过与此同时,我一直都有一个秘密的护身符。我知

---

① 里科·苏阿-韦(Ricco Suave-ay),这一名字常常被用来指代一类典型的较为女性化的拉丁裔男子,他们被认为魅力十足但又显得过于招摇。——译者注

道总有一天，等到穆迪的假想敌耗尽，作家曼利总归在的。我们都热爱阅读。我们都过早地遭受了生活的重击，能够理解对方的创伤。他穿黑色T恤很好看。我们注定要在一起。在多年的等待后，一切渐渐浮出水面，就在我离职并准备离开这个国家、到大西洋中央的岛上生活时。

一个深夜，我们从一个葡萄牙庆典开车回家。曼利想看看我一直以来同他讲述的那些传统习俗。离家大约还有一个小时车程的时候，他告诉我他终于准备好开启离婚以来的第一场约会了。我屏住了呼吸。

"当然不是和你。我知道我们俩之间存在着吸引，但你只是我的女性朋友。"他说道。

我知道他有这种顾虑。这一年早些时候，他办了一场图书签售会，我在离开房间时不小心听到他的叔叔问他："她怎么样？"

"不行，她是我的朋友。"曼利说道，"兔子不吃窝边草。"

如今我重新回想起这些话，它们听起来并没有多浪漫。但在当时我听到的却是"我爱慕着我的好友"。这简直就像是结婚誓言。

在他告诉我他打算开始约会但对象并不是我的一周

后，曼利开车带我在城里转悠，向我展示他最早是在哪里理发、在哪里做的第一份工作，以及在哪里第一次与女孩子接吻的。我对这一段带解说的兜风之旅很是困惑，但芭芭拉说男人就是这样的。他们喜欢从地理上来展示自己。

在物理层面上，我们的距离更远了。曼利过去会坐在我的沙发上喝茶。这些日子里他仍会来我家，但总是站着，我在客厅时他就在餐厅和我说话，如果我走进餐厅，他就会退入厨房。就像是在跳华尔兹，只不过舞者们之间隔了一个房间的距离。我的理论是，我们之间未言明的激情已强烈到让他难以抗拒，因此需要一点距离的缓冲。

到了我计划离开的那一周，仍然无事发生。我为他晕头转向了数年，因而不可能再由我来迈出第一步。我认为该轮到他了。我正前往他家，但这么做只是为了去取一本他为朋友签名的书，这个朋友帮了我很大的忙。埃尔马诺和阿尔贝蒂娜到头来也要去亚速尔，因此在我到达亚速尔的头几周里，他们需要住自己的房子。我和他们说不成问题，我住城里的酒店就行。但事实是，在报社扣除买断金里的税，以及我又买了一张机票和几条漂亮裙子之后，我的全部资产大约只剩下七千美元了。

曼利打电话给他的一个经营有机乳业合作社的朋友

（经营者约一半是葡萄牙农民），询问他是否认识能把亚速尔的房子借给朋友住的人。不出一天时间，他就帮我找到了我头几周的住所。

来到他家取他的亲笔签名作之后，我径直走进了他的厨房。我们最终总是待在厨房里。

曼利目光热烈地看着我。我们的距离很近，近到我可以看清他的眼睛。我感到这双眼睛散发着一股吸引力。他一直等到了最后的最后，但这一刻终于来了。我确信他将说出让我终生难忘的话。

"你看到迈克尔·杰克逊去世的新闻了吗？"他用低沉的声音问道，"这让人感觉到，人生苦短。"

我看到迈克尔·杰克逊去世的新闻了。从塞内加尔鼓手痛哭流涕的新闻视频来看，全世界都知道这则消息了。当然，作家曼利说得没错，人生苦短。我刚刚辞掉了我的工作——我就是及时行乐的代言人。现在就等着他抓住今天——也就是我。

我们继续凝视了一会儿，没有人动弹。我几乎不敢呼吸。又是一段长达永恒的时间过去，我重新感觉到了一点自我意识。我试着找回自己的声音。

"战栗，"我低语道，"真是前所未有的影像。"

在柏拉图式拍拍后背、纯友情式拥抱和承诺保持邮件联系后，我回到了车上，从城市来到乡间。天色明净，田地金黄一片，铁轨呈V字形延伸，淡入模糊的远景中。我听着乡村音乐向北驶去。我看到铁轨的交叉道口旁有几个孩子正往轨道上放硬币，运气好的话就能等到路过的火车将它们重重压碎。有趣的想法：重压下的好运。这种情况也很常见，不是吗？你感到自己遭到了命运的狠狠碾压，结果却意识到这些重击的出现就是幸事。

田地间规律地穿插着一团团模糊的灰绿色——树丛。它们标志着家庭农场的存在。一道防风林意味着一栋房屋、一个门廊。通常情况下至少会有两辆车：一辆农用白色皮卡，一辆省油的老车，用于将车主送到任何能够维系住这片土地的工作岗位上。过去每三百英亩田地就有一排树木。然而，20世纪50年代美国农业的口号是"要么做大要么出局"（Get big or get out）。战后经济爆发时期的一代人被培养出来的观念就是食物价格要低廉，二战中使用的化学药剂被应用于杀虫剂可以实现这一前景。

我正开车前去拜访曼利的朋友托尼。他所在的团体正致力于为小型农场开辟生存空间。他在有机成为一种风尚之前就打造了有机农场，因为他"不想给县里的每一头奶牛挤奶,只是想像父亲那样养家糊口"。

他的父亲是来自亚速尔的移民。大多数从特塞拉岛来的亚速尔移民都是奶农。我前去托尼的牧场参加一个节庆活动,在那里我会同在特塞拉岛上有空房子的奶农家庭见面,让他们对我有更多的了解。这场庆典混合了农场风和湾区的生态嬉皮风(eco-hipster),在高温下仍然热度不减。在这里,你可以买到当地产的蜂蜜,并且签署限制*有机*一词应用范围的请愿书。

两个穿着大麻织物的人正在和托尼说话,夸赞着这片牧场的设施。这里常常用于举办婚礼和家庭聚会。"这里很有潜力。是完美的演唱会举办地。从城里过来用不了几个小时。"那名女性说道,"你的网上推广策略是怎么样的?你应该把社交网络变为这个平台的重要组成部分。"

托尼身形清瘦,有着明亮的蓝眼睛,戴着牛仔帽,穿着靴子,一副懒散而又安逸的模样,让人很难想象他打扮成别的风格的样子。在这两人耗尽词汇之前,托尼都没说什么。"是啊,我们应该已经按照自己所想的做到最好了,"他说,"我父亲总是这样和我说,成功的秘诀是适时知足收手,心怀满足。"

我向托尼走去,这时,一位年近七十岁的女性也加入了我们，笑容灿烂且精神气十足。"这是我的姐姐玛丽。可以说是她把我养大的。"托尼为我们介绍对方，"这就是即将去亚速尔群岛的戴安娜。"

我将曼利为他签名的书递给他。

"所以我们的这位共同好友怎么样了？"托尼问道。

多年以前，我父亲告诉我，我的一切思绪都会显露在脸上。他并不是在夸我。显然，托尼的问话让我的脸上闪现了一层失落。"哦，亲爱的！"六十八岁的玛丽抓着我的胳膊说道，"别担心。没什么问题是床上解决不了的。"

我着实吓了一大跳。"床！我们根本没接过吻！"

"真的？"托尼说道，"我以为你们俩是一对。我以为你们俩……我是说，他打电话来……"

"这下严重了，"玛丽说道，"到我的帐篷里来。"

玛丽在庆典上支起帐篷，来招待读故事书的孩子们。我们在一堆毛绒独角兽和飘着长丝带、装饰着亮闪星星的公主头饰中坐下来。

"和我说说你第一次和他见面时的事。摘掉墨镜。让我看看你的眼睛。"玛丽说道。

我想不出来为什么我照做了。但我摘掉了墨镜，靠在一只舒服的玩具龙上。"我没和他见面。我读到了他的作品。"我说道,"然后他读到了我写的东西。但自那以后,时间把我们俩送到同一个城市,又让我们都变成了单身。我感觉我只是在渴望些本就不存在的东西。这没有意义。"

"爱是那么有趣。而绝非没有意义。你相信爱吗?"玛丽问道。

玛丽的表情表明她正期待着我的回答。

"好吧,"我说,"我确实喜欢听关于爱的故事。"

摩羯座

这是玛丽的第三段婚姻。第三任丈夫是真爱,她说。她是在中学认识他的。第一次留意到比尔这个笑容友善、一笑整张脸都会皱起来的男孩时,玛丽大约十四岁。

玛丽说她很喜欢上学。她很用功,是"全A学生"。她梦想着如果她学业极其优秀,父亲就会允许她在过了十六岁(州法律中的最低要求)后继续上学。她的家庭于1948年从亚速尔来到加利福尼亚,当时她六岁。那时正处一波移民潮的风口浪尖,那波浪潮最终将约四万人从特塞拉岛带到中央谷地。其他几座岛同样来了很大一部分人。如今，加利福尼亚有亚速尔血统的人口已经是那九座岛上的两倍。

那种让时间冻结的特质在我第一次遇见这个群体时深深吸引了我，然而，这对年轻时的玛丽来说却意味着受困于父权和个人资产的传统。在亚速尔，一代又一代的土地拥有者会将他们的女儿嫁到门当户对的家族里，以进行财富增值。一个年轻女性要做的就是保持贞洁，成为家庭资产。

玛丽的父亲将他的岛奉为"故国"。后来他将接受新的国家、新的时代。玛丽是最年长的，她是按照传统被抚养成人的。她不被允许去约会或是进行任何课外活动。她的父亲在她十三岁时就为她选好了未来的丈夫——另一个来自特塞拉岛的家族的儿子——这是一场握手达成的交易。

她继续上学的计划未能实现。她十六岁时，学校校长麦克斯威尼先生开车来到他们的牧场，告诉玛丽的父亲她是个尖子生，恳求他允许她继续上学。她父亲拒绝了，说政府已经占了她足够久了，是时候让她学习烤面包、做针线活，学习如何成为一名合格的妻子了。在婚姻交易兑现前，特塞拉岛上的亲戚们打探了男孩家庭的各个方面。他来自一个历史悠久且从未沾染过丑闻的天主教家庭。不过私底下，他可能没那么善良。

那年夏天，玛丽一家回特塞拉岛探亲。托尼那时四岁，出生在美国的他得到允许可以随心所欲地玩乐。家乡的人们很宠爱这个"美国男孩"。她的妹妹们只要有体面的朋友陪同，也可以去海边、集市，甚至参加庆典。然而，已经订婚的玛丽被要求一直和她的祖母待在一起。

不过，玛丽认为她看到了希望。她父亲已经发现一切并不完全是他记忆中的模样了。咖啡馆里有女性穿着连裤袜，抽着烟。他们遇到了一名女教授。当玛丽告诉未婚夫她想要解除婚约时，两人之间的距离如此之远，他没办法对她大发雷霆。她把戒指寄了回去。她恳求祖父帮她说话，让她留在亚速尔。祖父同意了。

然而有一天，在问题得到解决之前，她的父亲冲了进来。他手中拿着那枚金戒指，戒指是她未婚夫的父亲，也是她父亲的至交寄回来的。他很愤怒。"君子一言，驷马难追。"他说道。他重新将戒指套回了玛丽的手指，随后便走开了。

在那之后，她再也没有质疑过自己的命运。十八岁时，玛丽（在接受了能证明她是处女之身的检查后）结婚了。蜜月去的是加利福尼亚风景如画的中央海岸，但一周后，玛丽打电话给她的母亲恳求放她回家。"我做不到。"她说。

"女儿，自己的选择就要自己忍耐。"她母亲说道。

玛丽在脑海中大喊着我从没有做出这样的选择。她忍耐了十二年。她的丈夫掌控着她的一切行踪，还会在汽车轮胎后面用粉笔画标记。一旦看到她在读书，他就会把书从她手中抽走后扔掉。

第二任丈夫是一个善良的老男人，她说她是为了孩子们才和他结婚的。"他不该得到我这样的对待。"

她所说的对待是指她撞见了比尔以及后续发生的事。这发生在她的高中二十五周年重聚宴上。这是一座很小的城市，每个人不论毕业与否都会得到重聚的邀请。玛丽从没有参加过。虽然她最后得到了护理学位，但一想起自己没有读完高中,她就会万分心痛。如今她的孩子们都已长大成人,她觉得是时候与这一切和解了。看看老朋友们可能也挺有意思的。

比尔一进门玛丽就看到了他。他更高了。她所认识的那个笔杆一般瘦的男孩长大了。

"我的胳膊一阵战栗。我一直都思念着他。"她说道,"人们总是说得好像爱情就只是青少年的事。我不懂为什么。这不是真的。你不会对此免疫。"

他的眼中似乎藏有阴影。玛丽觉得她能感知到痛苦。但他的笑容还是那么亲切,整张脸都皱了起来。那个顺从而又好学的女孩也早就消失了。玛丽的权益婚姻带来了一辆红色的宝马敞篷车和一柜子华丽的衣服。她将自己藏在一个无所顾忌、敢作敢为的人设后。

"哎呀,比尔,"她说道,"你知道这么多年来你一直是我最喜欢的春梦主角吗?"

她以为这种大胆的玩笑可以掩盖她身体的战栗。比尔对她摇了摇头,随后拥抱了她。"玛丽!我的玛丽。"他说道。

当晚，她告诉丈夫她想要离婚，尽管比尔已经结婚了。"我不想要对你不忠，如果我还能遇到那个人，我肯定会和他上床。我感受到了一种我无法解释但又无法否认的东西。"她说她是这么告诉他的。

"接下来的部分并不体面。"她说，"我们俩的故事就像那种在折扣商店卖的廉价小说。我不会和你说细节的，但我们伤害了很多人。"

"我能告诉你的是，我们的婚姻已持续了二十八年。我们之间的爱就像这世上的一切一样真实。这是我生命中最重要的部分。爱真真切切地存在。"她说道，顺手用手边的一个金光闪闪的丝线球给自己扇着风。"说吧，你喜欢的这家伙是什么星座的？"她问道。

我感觉一阵尴尬，因为我立刻就能说出答案，他的生日离圣诞节不远。"摩羯座。"我说道。

"摩羯座！我的最爱。让我来给你讲讲摩羯座！在外人看来，这些人都严肃又乏味，但等着关上门来看看吧！我不是光指性，还有笑。啊，比尔和我简直欢声笑语不停。在公开场合你可能永远都不会知道,但私底下他简直是世上最可笑的人。没有什么比大笑更性感的了。"

这里面有不少真正让我在意的内容。一对年近古稀的夫妇会大笑也会做爱。考虑到我目前的恋爱节奏,这一点让我宽心不少。还有就是摩羯座私底下是个活宝。我很难想象曼利这样:我曾目睹他在一场原本十分欢乐的国庆日烧烤聚餐上开启了关于末世劫难的探讨。

不过,玛丽的故事中最重要的一点,可能是她提醒了我"昔日的美好时光"也有另一面。人类历史的发展轨迹正在慢慢地远离野蛮和压迫。传统风俗和坚守老旧体系可能对女性、儿童及任何没有权力的人都很不友好。

我走出帐篷时,托尼正靠在白色围栏上欣赏落日。这是一幅完美的西部画面,他的一只靴子抵在底部的横杆上,帽檐向上翻起。我走过去站到他身边,同样把手臂搭在了围栏上。

"介意我给你点建议吗?"他问。

"很感激。"我告诉他。

"我们在那里有很多亲戚。其中不少人都有权有势。如果你想的话,我可以给你他们的名字和电话。但我的建议是别这么做。别做太多计划。"他说,"当开始一场冒险时,你就只需要相信,你总会遇到你该遇见的人,听见你该听见的事,因为你永远无法计划出那些真正重要的事。"

第二部分

修鞋店

阳光和我一同抵达特塞拉岛。那天早上,我一走下飞机,就闻到了海盐和鲜花的味道,我莫名感受到了一种由衷的熟悉感。我只在这里待过两周半的时间,而且那已经是近四年前的事了。

埃尔马诺告诉我,他的村子在小岛的北端,那里更乡村的生活与英雄港的有很大不同,而且我也不能指望身边总有人会说英语。碰巧的是,我的第一处住所就在埃尔马诺的村子里(这也是由于在亚速尔,每个人之间都存在着千丝万缕的联系),借我房子住的这家人是阿尔贝蒂娜家族在莫德斯托(Modesto)的邻居。

来机场接我的那名出租车司机并不会说英语,而且我们抵达目的地时发现那栋房子锁着门,周围空无一人。我给谢夫发过邮件，说我辞职了并且打算来亚速尔。然而一切都发展得如此迅猛，我还没来得及和他说后续。除了在回美国后匆匆写了几句感谢的话以外，我并没有同其他人保持联系，虽然我很想那么做。我不知道该如何同司机沟通，也不知道还有什么地方能让他带我去，于是我面对着房子外的一片玉米地坐了下来，就坐在行李箱上。

我决定在村子里走走，找一家网咖去给在加利福尼亚的房主弗兰克发邮件。我很快就会发现，此时在岛上的这个小村里，网咖这样的事物还不存在。我第一次来到村中心，看到了一家小小的咖啡馆。我走进去，对站在收银台后的那个人说道："*Bom dia, falas inglês?*"（早上好，你会说英语吗？）

一个在吧台边喝着意式浓缩的高个男子转过身来。"你还没学会葡萄牙语？"他笑着问道。

我的大脑一时反应不过来。谢夫是怎么出现在我眼前的？

"你认得出我？"我吃惊地问，一边摘掉我的墨镜和帽子。

"我转身看到你之前就知道是你了！"他说，"你的葡萄牙语还是那么差。"

"但你怎么知道我在这里？"我问。我很高兴能遇见他，但过于震惊的我只是呆呆地看着他，说话磕磕绊绊的。

"这是我的村子，"他说，"你才应该回答这个问题。"

我们走出门去，坐在咖啡馆前的一堵矮墙上说起话来。这里面对着教堂和主干道的十字路口。一直有人鸣笛，而他则一直等着并不停地大声打着招呼，我没有得到任何回答。

"很抱歉我们的对话总是被打招呼打断。但是在这里，友情可是正经事。漏掉一个人我就难办了。"他说道。

又有一辆车按响了喇叭。

"那是我母亲！"他说道。

"但你在这里做什么呢？"我再次问道。

"我就在这里出生的。我的祖父和父亲都是在这里出生的。我是消防队长。现在轮到你告诉我你在这里做什么了。"他说。

抵达这里的一小时内，我就碰到了四年来我唯一保持联系的那个人，而他仅仅知道我将在夏天的某个时间来这里，我也仅仅知道他住在这座岛上的某个地方。谢夫问我，是否想了解离岛亚速尔人和留岛亚速尔人之间的联系。

"是的，"我说道，"这就是我感兴趣的。"

"刚好。我在英雄港教一门电脑课,你必须来听听。我早上八点来接你。"他说,"你住在哪里?"

我说明了是哪栋房子,并且说它目前锁着门。

他露出难过的神情。"我明白了,"他说,"我知道我们该去哪里找答案了。"

他开车带我来到一栋有着精心打理的花园的房屋前。他敲了敲门,显得十分紧张。一个身形小巧的女人应门出来,她一看到他便哭了起来,踮起脚来紧紧地拥抱了他。

我不知道发生了什么。他向我做了个手势。她按照葡萄牙的风俗吻了我的两颊,然后和谢夫说了具体的方位(通过指方向的动作得知)。

在车上,谢夫解释说,玛丽亚和她的丈夫都是房产看管人,他们照理说应该和我见面的。但是四天前她的丈夫死于心脏病突发。那天谢夫当班,他用除颤仪电击她的丈夫以实施心脏复苏救援。在亚速尔,消防队员同时也是救护车司机和急救人员。他同玛丽亚并没有过私人的接触,但他说有时候人们在危急时刻见了消防员后,会产生激烈的反应。有些人会感到悲伤,有些人则是愤怒——甚至可能通过肢体攻击发泄出来。这样的情况甚至可能出现在事故发生的很多年后,意外的碰面会激发潜藏的记忆。他对她的拥抱心怀感激。

我们从这家人的一个亲戚手中接过钥匙。打开我临时住所的大门后,谢夫笑了起来。"你将会很熟悉这栋房子的主人们的。"他说。

这栋房子来自这家人中丈夫的一方,他母亲的家装风格体现出了十足的自豪感。每一件家具上都贴满了家族相片。每一寸墙面上——除了两张描绘葡萄牙历史的挂毯和一幅《最后的晚餐》(*The Last Supper*)复制画外——都记录了弗兰克从第一次圣餐到高中毕业再到他的孩子们出生等的人生大事。作为一名记者,我曾拜访过很多有着类似风格内饰的住宅。"自豪的祖母"是一种风靡全球的装饰风格。

第二天早上,我见到了自豪的曾祖母们。

谢夫在英雄港的一个老年中心教授电脑课。他在教室内四处走动,帮助年老的妇人们打开附有照片的邮件。她们笑着指向屏幕,展示婴儿、婚礼还有亚速尔式鳕鱼干和烤土豆的照片。大多数照片看起来都是在中央谷地拍的。

这些女性看来很像我在莫赖斯牧场的亚速尔派对上遇到的那些黑裙子寡妇。谢夫告诉我,这些学生都八九十岁了。大多数人没有读写能力。她们来自一个人们仍在挨饿且很多孩童（尤其是女孩）不去上学的时代。但如今，她们用上了键盘和视频聊天软件。在电脑室里的这番观察让我明白，亚速尔群岛继续隔绝于外部世界的日子已屈指可数。

在我住的村子里，垃圾车是由骡子牵引的。送面包的人每天会在我家门上挂一袋撒着面粉的新鲜面包。送鱼人每天下午来——如果妇女们没有在这之前一小时内看到一艘渔船开向码头，她们就不会买那些鱼。

网络连接很难获得。我会手写信件，然后去消防站的电脑室把信输入一台硕大的戴尔电脑里，等到电脑通过调制解调器获得网络连接后再把邮件发出去。如果我收到了朋友发来的电子邮件，我就会把它们打印出来带回家去，坐在古老的石筑蓄水池边，一边看着田地和远方的大海，一边阅读邮件。这和从邮局取信没什么两样。

写作（和时不时拍点照片）在我看来仍是人类最强大的发明。邮件穿越时空，将我的朋友们完整且清晰地传输到我面前。杰克·穆迪给我发了一张他在俄勒冈州安普夸河（Umpqua River）上与一条巨大的虹鳟鱼的合照。"如果你在这里，肯定会说这条鱼'太太太太神奇了！！！'"

他在四千英里外嘲笑着我。

记者芭芭拉知道我很难通过断断续续的网络连接登录新闻网站,所以她给我发来了精选文章,其中包括两名八岁儿童在弗雷斯诺因盗窃被捕。他们通过狗门爬进了两户人家。在其中一户,他们偷走了五百美元。在另一户,他们带走了一只小狗。被抓获时,他们中的一个正爬过狗门打算取回对讲机。就这样,人们还觉得少了地方报纸就活不下去了?

(芭芭拉还说,她与她住在山麓的亲戚一同去温泉疗养时,他们说服她涂了樱桃红的脚趾甲油,还在上面画了大大的白色雏菊图案,然而图案立刻就花了,导致她只能在四十摄氏度的天气下穿不露趾的鞋子,这让我让很感激自己逃离了中央谷地的热浪。)

珍妮的信让我感觉到她和丈夫博比在这个夏天过得并不太平,因为无论我说什么有关亚速尔的事,她都会回信说这让她联想到博比。火山?高大、黑暗、等待着爆发,就像博比一样。鹅卵石路?老古董,就像博比一样。我知道他们很快就会和好的;他们总是这样。他们之前唯一一场长时间的争吵源于博比不愿让珍妮加入他的乐队唱歌。他觉得她找不着调。她对此强烈抗议。这让我想起了《我爱露西》①中的一集。不行，我不能告诉你们他俩谁对谁错。我珍视我的友谊。

博比是一名老派的爵士乐手。走在这个村子的主干道上，我时不时会想起他，因为这里就有一股浓郁的音乐气息。在屋顶上，人们伴着节奏拍打手工制的瓷砖：*当，当，当*。奶牛哞哞地叫着。微风拂过田地，仿佛拨动了响弦。还有女人们在门廊上扫地的声音：*唰——停顿——唰*。一切声响的背景中还有大海的低鸣。整座村子就是爵士乐中的重复段。

我来得比较早，今年夏季那明艳的蓝天和移民返乡潮都还没有到来。早上的天是灰色的，下午则闪着朦胧的银光。在加利福尼亚，我们称之为"六月阴霾"（June Gloom），但我很喜欢这种日光慢慢掀开被子的感觉。

村子后方的海岸边有一座小山（也可以说是高丘，或者用地理学上的说法，火山渣堆）。这片土地曾属于埃尔马诺的祖父。我有时会看到埃尔马诺的叔叔开车经过这里。

每天我都会跟随一条长长的土路，穿过田地和牧场，

---

① 《我爱露西》（*I Love Lucy*）是一部美国20世纪50年代风靡一时的肥皂剧。——译者注

登上山顶。途中我会走下一条岔路,去同一头石头谷仓里的棕色奶牛打双语招呼:"*Bom dia vaca.* How now, brown cow?"(今天怎么样,棕牛?)在这条岔路上,我常常受到一只海鸥的俯冲攻击。这附近肯定有个巢。这只海鸥总是从高空直直地向我冲来,从我的头顶唰地飞过,然后再从另一个方向重复一遍。这位攻击者的反复无常让一切变得更加刺激。

除了愤怒的海鸥和公牛外,这里不存在任何野外的危险——岛上没有任何一种毒蛇,也没有虎视眈眈的掠食动物。事实上,据信亚速尔的唯一一种特有物种是一类蝙蝠。

在山(*pico*)顶有一座高大的白色纪念碑,其顶端有一个十字架,并且饰有纪念着什么的蓝色盾牌,但这并不是重点。从上往下望去,悬崖直直切入海中。海水如此清澈,有些日子里我能看到水面下数英尺处的多彩岩石。其他时候则是一层明艳的绿松石色浪沫。在这个高度上,我往两边都可以看到棋盘状分布的绿色田地和海岸边的村庄,还可以同时向我正住着的房子和埃尔马诺的房子挥手,而我将在后者度过这个夏天的大部分时光。

每天下午,我都尽职地研究着移民图表并阅读有关火山学和亚速尔社会结构的书,因为我的脑海中有一个模糊的概念——我总有一天要写一本书,而这些就是写书人该做的事。当然,除了作家曼利外,我并不熟悉任何写过书的人。你可以看出我的研究有多不充分了吧。

到了晚间,我会走去村子的咖啡馆。我想要听故事,这里正是人们聚集起来讲故事的地方,而讲故事的人最想要的,就是一群听众。我猜测亚速尔的每个夏季最终都能以一个标题来总结:那个老马特乌斯恋爱(但以悲剧结尾)的夏天、那个离婚的夏天、那个加拿大女孩的夏天。最后一个是我最喜欢的,因为听起来好像半个村庄的人都参与了这出欢乐的闹剧。

与奶牛共事的米格尔·卡洛斯和一个身为小有成就的公关经理的加拿大女孩陷入了热恋,尽管她不会说葡萄牙语,他也不会说英语。他们一起踢足球,一起欢笑再欢笑。他们走在路上时总是挥动着手臂向对方打手势。村民们认定,虽说有些荒谬,但两人看起来是真爱。说起来,又有谁能解释爱呢?

夏天结束的时候,她发誓说要去加拿大辞掉工作,收拾行李,再回来做他的妻子。但她离开后,米格尔·卡洛斯认定自己配不上那个女孩,因而不再打电话给她,不再为她用吉他弹她的歌,也不再说朋友们帮他写在纸上的那些英语短语。那个加拿大女孩急疯了,打电话给他的所有朋友来寻找他。他恳求他们假称他进了医院。他们搞了一个假的电话号码,轮番假扮不会说英语的护士。他们认为米格尔·卡洛斯会重拾信心。

最终,他的一个朋友替米格尔·卡洛斯同加拿大女孩分了手(毕竟在电话上没办法通过打手势来分手)。她嫁给了一名医生,再也没有回过特塞拉岛。他宿醉了一整年,最终娶了自己的童年挚爱。

我和谢夫说我很喜欢听这些故事。

"小心点,"他说,"不然他们就会把你讲成'那个美国人的夏天'。"

谢夫也有一个故事可以分享。现在正值斗牛季的高峰时期到来之前,还没到消防员以三倍于平时的忙碌程度把人们送入医院的时节,因此他在工作之余还有时间讲讲故事。我最喜欢听的是他祖父的修鞋店的事。谢夫小时候害羞得要命,虽然现在已经很难在他身上找到这种迹象了。他最喜欢去的就是祖父的店里,并且从很小的时候起就开始玩弄刀具、锤子和模具,还喜欢静静地听店里的熟客聊天。

修鞋店

有一位米格尔叔叔总是提着手杖,穿着同一件不棕不灰(已经脏到看不清原本颜色)的大衣。他会用怒吼一般沙哑刺耳的嗓音说俏皮话。还有一位卡瑞尔叔叔,会谈论自己当天观察到的事,其中包括两人协商意见、分歧的过程和蚂蚁搬动蚁丘的方式。还有一位莫赖斯叔叔,村里最富有的人,他也是店里的常客,但人们总是为了取笑他才把他留在那里。

"如果我能让村里的每个人都来支持我,我就能成为全葡萄牙最富有的人。"有一天他说道。

"这样的话,如果支持能带来财富,我为什么还要支持你呢?我觉得我该支持我自己。"卡瑞尔叔叔说道。

长大一点后,谢夫会在放学后跑到修鞋店里与朋友进行比赛。他的祖父把胶水涂在他们的手指上。他们把手举在空中一动不动地等着胶水固定。随后,他们就通过看谁先把手指分开来判定谁的力气最大。

农夫会带着有待修理的靴子走进店里。谢夫的祖父会停下手中的活,仔细观察一番靴子,接着花十五分钟来解释哪里需要剪掉、哪里需要缝线、哪里需要胶水固定。女士们会带着她们上教堂穿的鞋来,每当这时,男士们就会戴上帽子,坐直身体,用更优雅的语言谈话。有时他们会谈论政治,虽然独裁者安东尼奥·德·奥利维拉·萨拉查①已经死了,但是他们仍会一边说一边四处张望。

"即使当时的我只是个孩子,我仍能感受到萨拉查阴魂不散,"谢夫在消防站的一次谈天中对我说道,"我绝不会忘记他们聊起政治时放低声音的模样。"萨拉查当政期间,间谍无处不在。在教堂里,谢夫的祖父能指出哪些人有意愿出卖邻居。

不过大部分时间里,店里的声音一点儿都不会放低,所有人总有话要说,一直说到没话可说为止。"那就是我最喜欢的部分,"谢夫说道,"会有这么一阵沉默。我祖父则继续修着鞋,或是缝线或是敲锤。"

沉默会持续很长一段时间,随后会有人说"Epa!"(这是特塞拉岛上最为常用的感叹词,适用于各种情况。)"今天还挺冷的?"或是"见到乌韦尔托的玉米了吗?"然后他们就又聊开了。

警铃响了。谢夫抓起他的外套。"他们总有时间把想

---

① 安东尼奥·德·奥利维拉·萨拉查(Antonio de Oliveira Salazar,1889—1970),葡萄牙总理(1932—1968),统治葡萄牙达36年之久。作为独裁领导者,他的一生备受争议。——编者注

说的一切都说完。能想象吗？"他一边大声说着，一边朝救护车跑去。

嘿，你！美国女孩

我读到过一则研究，它试图分离出能给人带来最大幸福感的因素。在对健康方面和基本需求等指标做了调整后，研究者得出该因素并非金钱、成功或教育。他们将结论缩小到了两件事上：感恩意识和充足的睡眠。

我感觉我不缺前者。我对天空、大海、开着硕大的薰衣草色花团的绣球花丛、新鲜出炉的面包、红酒、友人，以及葡萄牙人直到晚上九点才吃晚餐的习惯心怀感激。我的意思是，我可以尽情地徜徉于这种幸福和感恩之情中，只要我能够得到，一点点，睡眠。

但是，"性奋"的鸟儿们让我日日夜夜睡不着觉。原谅我这种不优雅的表述。科里海鸥（*cagarros*）的爱情故事值得好好叙述一番。让我从头讲起。

谢夫扮演了向导的角色，向我介绍了亚速尔群岛上的一切，他会指引我去这里实地考察，去那里采访各类人士，虽然他和我都很清楚，我对于要做什么样的采访并没有一个清晰的概念。他认为，像我这样对亚速尔人生地不熟的人却能为这片土地深深着迷，就意味着总有点难以言说的目标在驱动着我。我没有特意向他指出："看看周围的一切：火山、大海、迷失在时间的世界。谁会不感兴趣？"因为这让我感到自己是天选之子。

几周前，他安排我与一些正在观测一种叫科里海鸥的海鸟的研究者一同露营。他与他们相识是因为其中一名研究员在搜寻鸟巢时掉下了悬崖，需要他的救援。

全世界约75%的科里海鸥在亚速尔筑巢。在交配并将幼鸟抚养大后，这些海鸥会飞向各地，但又会在每年夏天回到同一个巢（总是靠近悬崖），回到同一个配偶身边。换句话说，在亚速尔群岛，除了远走他乡的移民群体会在每年夏季回到岛上，数量庞大的海鸥群体也有着同样的习俗。

但是海鸥们迟到了。研究者们离开这里去了另一座岛。我只能暂时听谢夫的讲解。他说，这些鸟的叫声与我听到过所有的鸟叫声都不一样，它们交配的声音更是会响彻夏夜。在我的脑海中，我在写给家里的邮件中已经写满了情感细腻、充满诗意的鸟类爱情诗。

最终,科里海鸥抵达了岛上的一个村子里,我们一小群人开车前去那里观察它们。在见到它们之前,我们听到了它们的叫声。

> 我的印象:
> 1. 吵
> 2. 非常吵
> 3. 这到底是鸟叫声还是驴叫声?
> 4. 是鸟的话,一定是啄木鸟伍迪①的亲戚吧?

它们一阵俯冲,盘旋一圈,唱道:"*哇—咔—哇—咔,哇!哇—咔—哇—咔,哇!*"这简直就是一群巨大的青蛙在唱打嗝合唱曲。

谢夫说,在过去人们会把这种海鸥称作"恶魔鸟",并且觉得它们的叫声诡异又恐怖。我说,我感觉潜藏在这

---

① 啄木鸟伍迪(Woody Woodpecker),20世纪40年代美国同名动画片中的主角,特点是爱胡闹捣蛋,有着独特的笑声。——译者注

种叫声中的唯一危险就是可能会把人活活笑死。

大约一周后,一大群科里海鸥将这个合唱团搬到了我家边上。它们吵吵嚷嚷了一整晚。我向来很自豪自己不管怎么样都睡得着。对于一个记者来说,能在飞机、火车等各种交通工具上睡着的技能很有用。但这不是同一回事。它们总是在一片寂静中突然爆发出一阵刺耳的喧嚣,而且这种爆发毫无规律可循。有时我索性彻底放弃睡觉,出门观察它们,看着它们白色的腹部从我眼前掠过,在空中一阵翻飞。据研究它们的人说,它们照理会在白天飞向大海,只在夜间返回岛上。但有一小部分海鸥白天也在岛上唱个不停。看来不管是海鸥还是别的什么,总会有成员不按规矩办事。

幸运的是,我终于可以搬进埃尔马诺和阿尔贝蒂娜的两层楼住宅了。我不仅可以享有面朝大海的阳台,而且这里距离海鸥聚集地也足有半英里远。

一天下午,我去消防站查完邮件,正在走回新住所的路上。我离开加利福尼亚的那天,经历了那个"什么也没发生"的时刻后,我在机场用我的黑莓手机(写这个是为了丰富历史细节描述)给作家曼利写了一段话来描述当时的情景:

"所有人都说葡萄牙语。男人们穿着格纹的短袖农夫衬衫和有着硕大皮带扣的牛仔裤。女人们则热衷于各种饰物。她们做了长长的花哨的美甲，戴着脚趾环和项链。她们穿着印有各种花色或是动物图案抑或明艳的绿松石色的衬衫。她们提着塞得满满当当的包。"

直到今天，我才收到他的回复。看到他的名字出现在收件箱里时，我的心跳瞬间就加快了。我按了下鼠标。

他只是引用了我的邮件，在前面加上了：

"以下是我收到的来自你的最后一封信。*你得给我点新消息。最近怎么样？*"

没有任何一丝关于他本人的信息，没有因为我离开后突然领悟到对我的感情而做出的告白。抵达特塞拉岛以来，整天在岛上漫无目的地闲逛游览的我第一次感觉到了孤独。在这世上我仅孤身一人的那种孤独。

我沉浸在自怜自哀之中，没有注意到对面房子里的一位女士正在招呼我。又有人大喊了一声。"嘿，你！美国女孩！"一个留着银白色精灵发型①、手握一个雪克杯的女

---

① 精灵发型（pixie haircut），一种超短的女士发型，也被称作赫本式发型。——译者注

士正在招手让我过去。"来这里,来吧。喝一杯吗?"她问道。

她的姐姐还有邻居们都让她,也就是罗曼娜,多留心我,因为他们常看到我经过,认为我应该不会说葡萄牙语,一定感到十分孤独。真是完美的时机。

她每年夏季从波士顿来这里住一个月,就住在她所出生的这栋房子里。她说,每年她到达后做的第一件事,就是走进房子里停掉厨房墙上的钟。她的姐姐马里尔瓦则会在她离开后再重新把钟打开。

罗曼娜把一杯冰镇马提尼放在我的手中,在这座岛上,只有旅游景点会出售冰镇酒饮。她是一位奥黛丽·赫本般的女子——身材苗条、气质优雅,虽然她一手拿着鸡尾酒,一手握着铃鼓,时不时会跑进院子里摇响铃鼓以吓跑正在吃她草籽的鸟儿们,导致杯里的金酒(gin)总被洒在地上。她的院子外是大片大片的玉米地,玉米地的后方就是大海。玉米地的中央是一座石筑谷仓(*palheiro*),上面插着美国、葡萄牙和亚速尔的旗帜。

"我把美国国旗升得最高,"她说道,"我会让人在我到之前就把旗子升好。我是葡萄牙裔美国人。"

罗曼娜浑身散发着坚不可摧、无可阻挡的精气神。不过还需要一点时间我才会得知其中的部分缘由——例如，她认为化疗期间的拳击运动让她挺过了乳腺癌——只是她的那股个性之烈风立刻席卷了我。

她不是唯一一个已经返乡的本地人。每周都有载满移民的飞机抵达。人口增至原先的三倍。每个周末，岛上都有人声鼎沸的节庆活动（有时三场同时举办）。我仍然会去消防站查邮件，但谢夫没多少时间给我讲修鞋店的故事了。他总是匆匆跑出去，把脑震荡或是摔断腿的人送至医院。这些都是喝疯了的醉鬼们为了避免被公牛顶伤而落得的下场。

罗曼娜不喜欢斗牛活动。一天下午，我们坐在她的围墙上喝酒，她喝的是马提尼，我喝的是加了大量美妙且难得的冰块的金汤力。我们眺望着玉米地。（到底为什么看玉米生长会没什么好名声？这是我喜欢的活动之一。）我提到晚上会有一场斗牛活动，规模很大，也许我们该去看看。这是一种十分严肃的群体激情：特塞拉岛上花出的每六欧元中就有一欧元是直接与斗牛有关的。除奶牛外，特塞拉岛的主要产业就是斗牛庆典。

"斗牛！"罗曼娜厌恶地说道，"我感觉我总共只去过大概三次，那已经足够了。这一定是世上最愚蠢的活动。

不用说，我姐姐喜欢得很。好了，我不是想让你觉得她很蠢或是什么的。她实际上是个很善良、接受过良好教育的人。"

"我越来越觉得这可能是这个村子里或是整座岛上的水的问题，"她开玩笑地说道，"也许人们应该开始喝马提尼——这样就能治好这种病了。"

事实上，这是罗曼娜对于部分传统发表的较为宽容的感想了。

一天，我和她闲扯到了牛奶盛典（ bodo de leite）。庆典中的活动包括彩车游行、给儿童扔糖果、装扮公牛，以及供应牛奶和甜面包。这是一种传统，庆祝的是每一个人都被喂饱，不让任何人挨饿。我在加利福尼亚就见过类似的游行盛况。我很欣喜地看到传统文化得到了如此忠实的延续。

"太美了。"对于早上的盛典，我发出了这样的感想。

罗曼娜优雅的眉毛立刻竖了起来。"你在说什么牛奶盛典？是有两头肥肥的棕色奶牛……甚至没被挤奶，还搞得草地上都是瓶装牛奶的那个吗？会有一车车染了黑发的女人吵吵嚷嚷的，所有人都坐在教堂的台阶上盯着鬼知道是什么的那个？每个人不为别的，就只是来展示奇装异服的那个？可怜的圣人被抱在穿着金色袍子的愚蠢神父怀里走在大街上，神父本人则板着脸，早就被气疯了的那个？这就是你看到的那个盛典？"

"是的！"我说道，"我太喜欢了。"

他们说人们对自己是最严格的，也许这也包括我们的集体身份认同，因为这种批判我在欧迪和阿尔门谈论亚美尼亚人时也见过。在离开前，我曾和他们吐露，我感觉作家曼利和我可能会在一起。

"哦不，"欧迪说道，"你应该远离亚美尼亚男人。他们太亚美尼亚了！"

她的亚美尼亚丈夫阿尔门点头表示赞同。作为证据，他给我讲了他们的大儿子雷尼的故事。雷尼是夏威夷的一名酒保，在新年前夜，他跳过吧台和人打起了架，因为他的妻子扇了一个叫她婊子的女孩一巴掌。这就要怪雷尼那易怒的亚美尼亚本性，这和粗鲁无礼的女孩或是出手太快的妻子都没关系。

我做过吧台服务生，见证过很多酒吧斗殴。我能作证，被睾丸素冲昏头脑是各种种族中男性共有的特征。

"但这听起来很刺激。"我说，仅仅是为了怂恿他们说下去。

"嗯……怎么说呢——亚美尼亚男人很有保护欲。这点很好，"欧迪说道，"但是他们从来不对你说你很漂亮。我们女人需要这种软乎乎的东西。"

阿尔门抗议道："我和你说过，你是世界上最美的女人，就在阿尔比出生的那天。"阿尔比是他们的二儿子，此时已经三十二岁了。

这句话确实让我细想了一秒。他清楚地记得他最后告诉妻子她很美的那一天。

"葡萄牙人会一天和你说十遍你很美。"我说道，想起来了初次到这里时的一段短暂韵事。

"哦，"欧迪说道，"意大利男人可以一小时内说十遍！意大利人有些过头。但非常、非常好。"

"那么阿尔门，"我问道，"为什么你不多和欧迪说说她很美？"

"我会对天说你很蓝吗？"阿尔门说道。

"看吧？"欧迪说，"他是亚美尼亚人。他们无法谈论自己的情感。他们只会直接黑脸、发怒。"

我问她亚美尼亚男人有什么优点。

欧迪把手放在阿尔门的手臂上。"我这么说吧。如果你突然想吃某种特别的瓜，比如某种夏季产的瓜，那么就算是在半夜,他们也会为你搞回来。还有就是,他们很忠实。"

相比之下,罗曼娜就没有那么多关于亚速尔男人的好话。她六十五岁,有一连串鳏夫时不时来她家看看她有什么需要的。"一群可怜人,他们看上去都像短腿仓鼠,却以为自己有保罗·纽曼(Paul Newman)那么帅,有爱因斯坦那么聪明。"她说道,"更严重的是,他们认为*所有*女人都爱他们,就因为他们如此帅气。只有他们的孙子孙女们是可爱的,然而他们总想把孩子们喂胖。"

她对自己的受欢迎程度不以为意。

"听着,"她说道,"在我年轻的时候,如果一个女孩有着美国护照,那她就足够漂亮,总能引人注目。这一点到现在也还是一样。"

夏天的苍蝇

作为两名葡萄牙裔美国教师的房客,我成了重点关注对象。我只要一打开书,或是走进淋浴间,或是偷偷睡个午觉,就会立刻听到宣告着访客到来的"喔喔"(WOO-woo)声。

"你们在美国也说'*喔喔*'吗?"一个邻居问我。

"不,但我们说'*哟嚯*'(yoo-HOO),不过,呃,没那么频繁。"我告诉她。

一天,我听到了如今已经非常熟悉的"喔喔"声,我打开门,看到住在马路对面的弗朗西斯科站在门外,手中拿着一大盘 *lapas*——英语中称之为帽贝(limpets),但这两种说法我都没听过。

这种海螺是特塞拉岛的特色美食。法律上禁止餐馆售卖它们，却不禁止餐馆购买它们，谢夫和他的朋友们对此感到十分愤怒。这就意味着会被逮捕的只有潜水员。谢夫和他的朋友们都能超长时间潜入水下，因为他们从小就开始锻炼肺活量。他第一次提到他要去钓鱼时，我竖起了耳朵。

"你还有船？"我问道。

"我生活在岛上，"他说，"整座岛就是一艘船。"

到了钓鱼时，他戴上潜水镜，抓起鱼叉枪，随后便跳进水里。不过，他没有潜下去寻找帽贝。他喜欢跟着鱼游泳。帽贝是为最具耐心的潜水者准备的。它们会紧紧地吸在岩石上，因而潜水员需要将它们刮削下来。它们看起来就像长满了半透明凝胶状斑点的小石块。

人们会说它们吃起来就像大海一样咸鲜。我无从得知。虽然我知道我认识的所有热爱海鲜的朋友都会就此严厉谴责我，但我就是无法说服自己品尝一枚帽贝。装盘用的漂亮甘蓝和柠檬都无法让它们看起来像是我吃得下口的食物。我从小就是素食主义者。我光是为了吃烤鸡胸肉就要费好一番功夫——更别说生吞一枚海螺了。

但站在我面前的是弗朗西斯科，他完全不会说英语，正递给我一份珍贵的礼物。

我必须快想点什么出来。我用悲伤的眼神看向他。我把手放在胸口，然后解释道，我很感激，但十分抱歉，我对贝类严重过敏。我表演了起荨麻疹和过敏性休克。我还掺了一点抓痒的动作。他把盘子拿走了，自然会有人乐于接受这份美食。自那以后，只要我走进餐厅，人群中就总会有一阵低语、一阵摇头，我还可以看到人们做出抓痒的手势。特塞拉岛上消息传播得很快。幸亏我喜欢吃鱼，不然我肯定会被扔出这座岛的。

除房子外，埃尔马诺和阿尔贝蒂娜还借给我一辆旧的欧宝（Opel）。这辆车跑起来的声音证明了 *putter* [①] 这个词的精准性。我很喜欢这辆老爷车。但我不喜欢开着这辆车在特塞拉岛的路上跑。这就像在玩电子游戏：不撞到那两个骑一辆自行车的小孩，就得十分！绕开那辆驴车！反过来，我又成了岛上所有其他车辆在呼啸而过时要绕过的一个小小障碍。

车轮赋予了我新的自由，我接上罗曼娜九岁的孙子约翰，驱车来到比什科伊图什（Biscoitos）。在这里，一片由火山熔岩围起的迷宫般的海水池吸引了不少人来游玩。有

---

① 形容车辆等设备缓慢运转时噗噗作响的模样。——译者注

一个池子的水又浅又平静，儿童们都在这里学游泳。另一个池子则相当深，被称作美丽深渊（Belo Abismo），只有真的勇士才敢从火山熔岩顶上跳入这片翻滚的海水。

一天，我们一路噗噗作响地开车去游泳，一辆车从我边上呼啸而过，让我整个人都缩成了一团。约翰拍了拍我的膝盖，说道："别担心！等到十六岁，我就可以去考驾照了。"

约翰与罗曼娜一同从波士顿而来。我初次遇到他祖母的那天，他正在英雄港拜访亲戚。第二天，我们在特塞拉岛上的第二大城市普拉亚-达维多利亚（Praia da Vitória）的节日庆典上相遇，这是庆典季的高潮部分。

"这是约翰，也可以叫若昂（João）。"罗曼娜说道，给出了他名字的英文和葡萄牙文版本。

"你也可以叫我拉伸高手（Stretch），"约翰说道，同时在鹅卵石路上展示了一个完美的劈叉，"我练空手道。"

庆典期间，彩灯拼成的旗子一直延伸到海港的堤道上。闪烁的白灯交错着贯穿了整条游行路线。然而，夜空中的星星仍然强烈地吸引着我们的注意。

约翰的亲戚们一直试图让他说葡萄牙语，而他则十分渴望用英语聊天。数分钟内，我们就探讨了葡萄牙、嘎嘎小姐、他想去巴黎和中国的心愿，以及可能的职业规划，其中包括地理学家、火山学家和内衣模特（"这个工作太轻松了，还能挣很多钱，我已经有肌肉了，因为我练空手道，而且我才九岁。"）。

庆典的游行让我和约翰都安静下来。主题是大西洋。精美而优雅的彩车上闪着微光，给人一种缥缈空灵的感觉，一切都是蓝色和绿色的。顶着五英尺高精致发型的女士们站在花车上，几乎就要触到悬挂在上空的灯带。民俗表演团步调一致地转着圈，唱着歌，踢着腿。七位踩着六英寸高的高跟鞋的美丽女士，穿着分别代表七大洲的服饰，服饰上满是各类文学意象。比裙子上的创意更厉害的是她们穿着这样的鞋子行走在鹅卵石路上的能力。

"看看被困在大洋中间的小岛上的人能想出多奇妙的东西来。"罗曼娜低声和我说道。

罗曼娜对于她所谓"浸进去烤"没多大兴趣。所以大多数日子的下午就只有我和约翰一起去池子里游泳。他是我见过的人中游得最糟糕的。"看我，看我。"他一边这样要求道，一边打出巨大的水花，却根本没有前进。

他又打了一阵水花后，我们来到露天咖啡店吃冰激凌。我们聊天时用的是英语，因为我只会说英语。一位看起来就很心烦意乱的女士不停地看向我们这边,竖起耳朵听着我们所用的语言。

"你们从加拿大来吗?"她问道。

"加利福尼亚。"我说。

"你们觉得亚速尔怎么样?"她问话的语气让人一听便知她急于告诉我们她不喜欢这里。

比什科伊图什在大部分日子里都很美,且今天尤为惊艳。碧蓝的天空、深紫色的大海、日晒下的皮肤、笑声、咸咸的海水。我们正坐在遮阳伞下吃冰激凌——注意这句话中的完美的韵律和诱人的意味:我们正坐在遮阳伞下吃冰激凌。(We were under an umbrella eating ice cream.)

"我很喜欢这里。"我说道。

"真的?哦,我一点也不喜欢这里。"她说,"我是从多伦多来的,这里根本就不适合我。"

约翰震惊地看向她。"你为什么不喜欢这里?"他问道。

"这里没什么可做的。"她说。

她体格壮实,鼻尖高翘。转身走开时,她一边把鼻子翘得更高了,一边不停地为自己生活中的诸多烦恼摇着头。

"'这里没什么可做的'!"约翰在她走后感叹道,我们一起大笑起来。

不过,我也从一些移民和他们的孩子口中听到过无聊这种抱怨。这也是岛民们看不惯来访亲戚的原因之一。当地人会嘲笑他们那夸张的服饰、大嗓门以及对电影院和购物商城的特殊需求。最常见的蔑称是将随返乡潮而来的移民们称作"夏天的苍蝇"。

退休的鸡肉加工厂主管康妮听说有个人在机场故意用这个臭名昭著的称呼来嘲讽刚抵达的人。她对此很气愤,和一群朋友说,下次遇到这样的情况,她就要站出来说点什么。

"我下次再听到这样的话,即使是陌生人说的,我也要说'不好意思,我不知道你是不是在和我说话,但我得告诉你一件事,就算你没有在和我说话,我也得和你说同样的话,那就是:这座小岛就是靠夏天的苍蝇们才存活了那么多年。'"

这份怨恨可以追溯至数十年前。20世纪70年代,返乡的移民会穿着新衣服,到处分发烤面包机和巧克力棒等礼物。有时候,岛上的穷亲戚们相比于感激,更多的是感到愤恨,这也导致生活在美国或加拿大的亚速尔人感觉自己没有得到尊重,奶制品厂或工厂的辛勤劳作没有为他们赢得尊重。这种互相指责很难在我所读的口述故事或是信件中找到,后者满是对分隔两地的亲友的思念。然而,这两种情绪并不会互相抵消。

一天晚上在咖啡馆,在看了一场全村瞩目的足球赛后,年过花甲的两兄弟打了起来。兄弟中的一人大半辈子住在阿蒂西亚(Artesia),这是洛杉矶附近的一个亚速尔社群。另一个则一直留在亚速尔。两人都从奶制品厂工人起步,最后成了农场主。

"你生活在岛上。但你不是亚速尔人。你不做弥撒!"加利福尼亚的曼努埃尔这样对他的兄弟抱怨道,"我的血液中才流着更多的灰和盐。"他心里想的是火山和大海。

"我看你的脑子里才满是灰和盐,"兄弟若昂喊道,"你成天就只知道说你的冰箱有多大。你的卡车有多大。"

若昂的妻子玛丽亚试着劝架,她成功了。"大家都冷静一下,再来杯啤酒,聊聊这个新神父怎么样?"她说道,"你们觉不觉得他的头往一边偏?是他没睡好落枕了吗?还是说教区给我们派了个有问题的来?"

曼努埃尔离开的那天我也在机场。我看到他和若昂一边哭一边紧握着对方的手。

约翰和我很少找不到事情做。我们非常忙碌。有时候在一天之内，我们要完成游泳、在岩石上小憩、吃冰激凌，以及给花拍照片这些事，到了下午晚些时候，我还要与罗曼娜碰面，一起喝鸡尾酒，看着玉米地在落日的余晖中闪闪发光，夕阳在玉米茎秆和海面的映衬下显得巨大。我们坐在矮矮的石墙上，手中握着鸡尾酒杯，听罗曼娜给我讲故事。那个牵涉美国中央情报局（CIA）和间谍的故事吓了我一跳。我没料想到一个小村庄会成为国际阴谋的温床。

1974年，萨拉查建立的政权陷入一场非暴力革命。革命始于里斯本的军事政变，不过正是接下来的公民抵抗让葡萄牙重新回到民主政体，并且结束了其在非洲的殖民统治。人们称之为康乃馨革命，因为发生政变后，民众纷纷涌上街头将康乃馨插入士兵的步枪和男人的翻领里。

革命的余波使葡萄牙的政治格局变得紧张且动荡。葡萄牙的社会党人和共产党人都试图掌权。在亚速尔这个更乡村、更孤立且相比于葡萄牙本土在政治上更保守的地区，支持独立的呼声越来越高。地下组织亚速尔解放阵线（Azores Liberation Front）在圣米格尔岛设立基地，当地的企业家和农民都感到害怕——若是葡萄牙与苏联结盟，政府就会进行干预或是没收土地。但特塞拉岛人告诉我，他们的主要关切是保留美军基地。该基地自二战以来就在岛上，已成为该岛经济的重要组成部分，也融入了特塞拉岛人受美国影响颇深的身份认同之中。

我第一次来这里时有一个很意外的发现，说葡萄牙语的人通常会在告别时改用英语说"See you later, alligator"，对此，屋子里的人则都会回应说"After'while, crocodile"。① 这是一句典型的美式流行语。葡萄牙很难和这样的文化灌输竞争。

阿尔塔雷什（Altares）突然出现了许多新搬来的外国家庭。谢夫说，他的祖父和修鞋店的叔叔们都给这些外来者取过绰号，具体的称呼取决于他们认为这些人属于美国中央情报局还是克格勃（KGB）。人们确信，美国和俄罗斯都想要确认正在特塞拉岛领导这场运动的那个男人（或是女人？）的身份。

一天下午，罗曼娜和我分享了她最为引人入胜的故事。这发生在局势最紧张的时期。一对美国夫妇刚刚搬到

---

① 这两句都是英语中语气较为轻松愉快的告别语，意思是回头见。alligator（短吻鳄）和crocodile（鳄鱼）在句子中并没有特殊含义，只是为了分别同later和while押韵。——译者注

镇上。那位妻子美丽而又独立——骑马,和不是她丈夫的男性跳舞,独自一人到四处徒步。十几岁就与父母一起移民到美国的罗曼娜,那时刚刚以新娘的身份回到亚速尔不久,无论是在美国还是亚速尔,她都对父权社会的文化深感不满,因此她很快就与这位独立自由的女性成了好友。然而,美国人的放浪不羁超越了跳舞的范畴。很快就出现了一大群愤愤不平的女人称这个美国女人和她们的丈夫上了床。她们互相交换信息,变得越来越愤怒。

一个大清早,天还没亮,这些丈夫中的大部分正赶着牛去吃草,她们便冲到这个美国女人的家中去质问她。她们主要就是大喊大叫了一阵。她们走后,罗曼娜独自来到这个女人家中。"你为什么这么做?"她低声问道。

这个女人抬起下巴,一副桀骜不驯的模样。"我不过是像骑马一样骑这些男人,"她说道,"为了一时的快感。"

罗曼娜什么都没想就伸手扇了她一巴掌。

当天夜里,那对夫妇离开了——由此,罗曼娜证实了自己的猜想:那位丈夫才是美国中央情报局的。她认为这场骚动使他感受到了被曝光的威胁,因而他们被命令当即离开。

我没有细问。但罗曼娜曾和一群受伤的妻子在一起,我在想这一巴掌是不是出于私人感情。

我仔细听着她所说的故事中的每一个字,但讲到愤怒的妻子们向那个女人的家冲去时,罗曼娜在不知不觉中切换成了葡萄牙语。

"罗曼娜,你说的不是英语了。我听不懂!"我说道,就像是电视剧正看到兴头上却不小心切换了电视台。

她的侄子蒂亚戈正躺在旁边的吊床里。"哦,没事的。再给她来一杯马提尼她就能说意大利语了。"他说道。

我以为他是在开玩笑。然而,这样的情况在这个夏天确实出现了好几次。

每个村庄每年都会举办各自的庆典。终于轮到我们的村子举办活动时,罗曼娜和约翰去了英雄港。谢夫也不在。除了消防队长、电脑教师、叉鱼渔夫这三大身份外,他还是提诺塔斯(Ti-Notas)乐队的成员。他们将自己创作的歌词和音乐融入岛上的传统音乐中。他们打造出了那个夏季亚速尔的热门单曲。每个年轻人的铃声都变成了他们的那首没头没脑的欢乐歌曲,乐队收到了亚速尔群岛各地庆典的邀请,可见这首曲子的流行程度。村子庆典时谢夫就去了皮库岛开演唱会。

我的社交圈子一下子就空了。不过罗曼娜那位不会说英语的姐姐马里尔瓦邀请我与她一起参加庆典。她说了一些有关 *bandeiras*（旗子）的事。凭借我有限的词汇量及与谢夫的友谊，我听成了 *bombeiros*（消防员）。她向前伸展开双手上下移动。我将此解读为消防站。

天啊，他们还要在开幕式上点一把火，我心想，难道横冲直撞的公牛还不够吗？

结果，她模仿的是一支举着旗子和演奏单簧管的行进乐队。

庆典当晚，村子里的小乐队最先出场。乐队中有两名大号乐手。我认出小鼓鼓手是谢夫的父亲。他的体型和谢夫很相似——手脚都很长。在这些人后面跟着比什科伊图什版的童子军，他们围着方巾，打着鼓而来。

一阵沉默之后，便是消防队的献奏：所有的消防车和救护车大声鸣着笛呼啸而过。鼓膜受到的冲击不止于此，随后，城里的每一辆摩托车和全地形车都纷纷出动，咆哮着参加这场庆典。它们的车身上没有任何装饰，仅仅带来了喧闹。到了路的尾端，所有参与者又掉过头沿反方向而来：乐队、鼓手、警笛、排气管。

罗曼娜回来以后，我急着向她描绘了村里的这场庆典。

她说这根本不算什么——一年前，消防员们编排了一场从阳台上解救一名吸入浓烟的受害者的表演。演受害者的那人很重，据罗曼娜所说，这导致消防员们花了很长时间才把担架抬起来。观众们目不转睛地看着这群男人跌跌撞撞地救援。

谢夫回来后，我和他描述了这支鸣笛大队。

"我和他们说了别这么做！"他说。

我还笑着和谢夫说起我听说了去年庆典上抬不起担架的故事。谢夫绷紧了下巴。他不觉得这件事有什么可笑的。"那么做很有教育意义。我们有必要让人们知道我们都在做些什么。"他说，"而且，我还伤到了肩膀。"

卡多佐夫人

镇上的知名人士卡多佐夫人抵达这里进行她的年度访问。一个晴空万里的早上,我正准备前去拜访她。埃尔马诺从加利福尼亚打来电话问候我,顺便了解房子的近况。我告诉了他我的目的地。

"你见过卡多佐夫人了吗?"他的语气就和所有人在问我同一个问题时所用的语气一模一样。我感到一阵警觉,但我不知道为什么。

我挑选出一条短裙,在穿上前甚至熨了熨。我走出门,从埃尔马诺和阿尔贝蒂娜的树篱中摘了一束淡蓝色的绣球花,用彩带将它们绑在了一盒阿美莉王后(Dona Amélia)糕点上。

卡多佐夫人打开门,用相当夸张的手势向我招手引我进门。她顶着一头美容院风格的发型,穿着花卉图案的家居袍。她打量了我一番,点评说我的穿着风格毫无生气。她说她本人喜欢彩色的。另外,她还很意外像我这样年纪的女人竟然还会穿短裙。"膝盖是不会说谎的。"她说道。

在她年轻的时候,卡多佐夫人——据她自己所说——是个大美人,我们参观她墙上的家族照片时那些漂亮孙辈们的照片印证了这一说法。她告诉我,没有一个男人曾像她已逝的丈夫爱她那样爱过一个女人,而她的儿子则几乎和她的丈夫一样帅气。她希望她的儿媳能意识到自己有多好运。

随后,我们面对面坐在沙发上。卡多佐夫人告诉我,她打算重新粉刷这栋房子的外墙。

"哦,是的,"我和她说,"我确实发现村里每家每户都在刷墙,为庆典做准备。"

"哦,这不一样,我用的是美国漆。"她说道。

提高警惕。

"我听说你和那个消防队长是朋友,"她语气强硬地问道,"你知道他哥哥的事吗?七个月就出生了。"

我听过谢夫的家族故事。他的外祖母,也就是那个精瘦鞋匠的妻子,是个体形硕大、笑声响亮的老妇人。她最喜欢做的就是直直地躺着假装自己已经死了，等到谢夫和他的伙伴们小心翼翼地走近后，她就会突然坐起身来吓得他们四散而逃。（他童年时代最糟糕的经历就是，在她真的去世时，他不愿意相信这次不是假扮的。）

她喜欢给谢夫和谢夫的哥哥讲他们父母的事。她告诉他们，他们的父亲一开始出现在她女儿的身边时，她就像一头老鹰一样紧盯着他——她不时转动她的头部，展示她是如何将目光聚焦在他身上的。然而有一天，她移开视线仅仅不到五分钟——他们能像背诵童话故事一样背出这几句话——"那家伙就把我漂亮女儿的肚子搞大了！就是这样！不到五分钟！"

后来，谢夫和哥哥上学以后，同学们就会嘲笑哥哥，和他说他们知道他父母没结婚就怀上了他。哥哥不明白这对自己来说有什么不利的，只是大笑着说："我知道！我父亲，那家伙。不到五分钟！"

我复述了这个故事，做出一脸天真的模样看向卡多佐夫人。"在那样的时代，一个那个年纪的女人竟能智胜古板的八卦，不觉得很厉害吗？"我问道。

卡多佐夫人直直盯着我看，默默地思考着些什么，我不敢与她对视。似乎我们双方的关系得到了一定程度的缓和。她邀请我去参观她为岛上的日子准备的穿搭。

我们走进卧室,地上放着三个空行李箱,衣服都堆在床上。她拿起一套套搭配——每一件衬衫(以及与之相配的裤子、凉鞋和包)都比前一件更花里胡哨。每拿出一件衣服,她都会向我宣读它的标价:"我的孙女花了六十八美元买给我的。"她提着一只饰有蓝色流苏的水桶包说道。

然后是压轴好戏。她神神秘秘地从一个服装袋里抽出一条有冰舞表演服那么闪耀的裙子。裙子本身是黑色的,但是一边肩膀上有无数小亮片组成的星星图案。闪光的漩涡缝线图案沿裙身铺展。裙摆上还饰有各色亮晶晶的小玩意。"以防万一——你懂的。"她说。

我不懂。

"以防我在这里的时候有谁去世了。上天保佑。"她说道,一边略带留恋地将裙子收了起来。

到了这个夏天的尾声,我才意识到,卡多佐夫人那一代人炫耀着手中的美元返乡时,有多么渴望自己能得到一丝丝当地人的尊重,以抚慰自己在加利福尼亚作为移民和外来者时内心的痛苦。他们认为,自己离开亚速尔只是出于窘迫的经济状况,因而一直坚守着"我总有一天会衣锦还乡证明给你们看"的誓言,如今却被视作每年侵入岛上的乡巴佬亲戚。

在我逗留岛上的时光即将结束之时,天色染上了秋日的金黄,闪耀着玉米地的光泽,自我第一次遇到卡多佐夫人以来,这种作物已生长了足足五英尺。就在这样的一天里,我漫步穿过村子,感受到了胸口的一阵不断蔓延开来的疼痛,我猜想这是不是 *saudade* 的早期症状。村子教堂的钟声响了,重重的木门打开,参与葬礼的会众蜂拥而出。我顺手在附近的小吃店里买了一个冰激凌,坐在了教堂对面一段低矮的海堤上。我像蜜糖一样确信(用葡萄牙人的话来说),在那个教堂里一定有穿着那条华丽而闪耀的裙子的卡多佐夫人。

她出生于一个极度贫困的家庭,在少女时代嫁给了一个老男人,移民到加利福尼亚的一个奶牛场,步入了并非人人都那么友善的社会。我就坐在这里,等着一窥卡多佐夫人衣锦还乡的模样。

悬 念

一大清早。"喔喔！喔喔！"的响声就出现了。

前一天晚上，我参加了一场庆典，一直熬到凌晨三点（按亚速尔的标准来看还有点早）。我跌跌撞撞地前去开门，蓬头垢面的，而且还在半梦半醒之间。门口站着衣着精致且精神饱满的罗曼娜，她的姐姐等在车里。

"快来，"罗曼娜说道，抓住我的手往外拉，"我们要去另一个村子，帮马里尔瓦去最好的肉铺买肉，她要做 *alcatra*，"——这是一种用陶罐炖肉的亚速尔传统美食——"沿路都很漂亮。"

"我还没穿好衣服，"我表示，并且指出了一个显而易见的事实，"我还在睡觉。就像所有人正在做的那样。"

"会有谁在意吗？就这么穿着来吧。"她一边说一边拉我。

悬 念

幸运的是我更重一些，不然我就会在只穿着一件T恤衫没穿鞋子也没刷牙的情况下被拽出门了。我一心想着回去睡觉。但是我很早就学到了"为什么不？"才是对"我们走吧"的最好回答，而且我也知道我根本就不是罗曼娜她们的对手。

碧蓝的天空一片明净，阳光也十分明媚。我们在不断攀升的盘山公路上疾驰，大海从未离开视野。在一个村子里，我们停下车去拜访了罗曼娜和马里尔瓦的亲戚，还吃了在庭院的棚子里亲手摘的葡萄。重回路上后，我们经过了一栋墙上缠满南瓜藤的房子，每一个南瓜都端坐在自己小小的架子上。

"哪个是先出现的呢？"罗曼娜大声地问道，"是南瓜还是架子？"

我想知道的是南瓜长得比架子大了以后该怎么办。

罗曼娜蓦地掉过车头，停下车，上前去询问房主。她和开门迎接她的那个农夫聊了很长一段时间。但回到车里后，她给了我们一个十分简短的回答。

"他说人生还是得留点悬念。"

谢夫想让我了解特塞拉岛在发展可持续生态旅游方面

所做的努力，为我规划了一天的调研。

一大清早，我们就出发前往第一站——山顶的一个潟湖。他说，这地方将成为全世界游客的宝藏。近期这里设置了一个旅游路标。

我问谢夫是不是常去这里。他说他自十几岁以来就没去过了。看我抬起了眉毛，他解释说，全世界各地的人都这样，并不会过多关注就在自家附近却要花点时间才能抵达的美景。

我们开着他的全地形车一路来到登山小道的起点。路标很新、很大。标语既有葡萄牙文也有英文。它们毫无帮助。这是一段时间前的事了，而且在那之后，标语就被一个更光鲜也更有条理的版本取代了，因此具体的措辞是我自己编造的，但我绝没有夸大其大意：

"走1.25英里即可抵达亚速尔岛上第二大的月桂树，右转，在小道分叉处，选择一开始较窄的但在穿过更宽的那条后变为两条中较宽的小道。沿小道攀爬三百英尺，即可看见一块大岩石紧邻着一块小岩石，那就到了真正的小道，也就是隧道的附近。"

"这……"谢夫说道，"他们写了篇有意思的小说，不过我觉得我们还是靠我的记忆为好。"

悬 念

我们经过了很多比小岩石要大的岩石,最终找到了一条实际上是隧道的小道。一条比我的徒步鞋宽不了多少的步道穿过一片浓密的深绿色灌木丛。我们开始登山。大西洋的白色雾气萦绕在我们身边。谢夫告诉我,我们正处于云雾森林(cloud forest)中。我以为他突然变得诗意起来了,然而这竟是一种生态系统的专有名词。这种古老的森林在岛上被称作月桂林(laurisilva),常年浸润在雾气中,为众多独特的植物和生物打造了一个凉爽而湿润的栖息地。云雾森林一度覆盖了古地球的大部分区域,如今却只占据全球林地的1%左右,是一种极易受到气候变化影响的生态系统。

谢夫在前方探路,曲折的小径加上雾气使我感觉自己仿佛孑然一身。我身边的植被都是恐龙消失之后的时代的残迹。谢夫(以及大多数特塞拉岛人)最喜欢的英语短语是"out of this world"(超凡脱俗)[1]。这也是这片犹如世外桃源的青翠欲滴的山林给我留下的第一印象。但我很快就判定这种印象并不准确。这个地方并没有给人一种与世隔绝的感觉,更像是一切的中心。我感到自己好像误入了一

---

[1] 形容某人某物极好、极其出色,直译为"非这个世界所有"。——译者注

个秘密的操控室。

也许是真的。我正走在一片得以一瞥冰川时代之前欧洲的地方。我身边的树木、青草和鸟类都不存在于地球上的任何其他地方。谁知道它们藏着什么样的进化和生存之秘密。

透过云雾，可以看到火山口形成的潟湖水色很深。我问谢夫是否可以下水游泳，虽说我并不确定我真的想这么做。他说，如果我抹了防晒霜的话就不能下水，因为这样一来就会将化学物质带入这片脆弱的水体。我没有下水。我的头发是红色的——我一直都抹防晒霜。谢夫也没有下水。他不明白为什么要在不是大海的地方游泳。

下山的时候，我小心翼翼地走着每一步，与陡峭的山体做着斗争。我完全做错了，谢夫说。看着他。学他的样子。他跨了一大步，几乎跳起来了，任由重力带着他走。他沿着一处弯道跳了一步，顺势跳进了一个土坡里。一个完美的"威利狼（Wile E. Coyote）为哔哔鸟（Road Runner）所挫败"①的情节。我知道他没事，因为他的第一反应是转过头来看看我有没有在看着他。我试图倒退几步

---

① 卡通节目《乐一通》（*Looney Tunes*）里两个角色间你追我赶时常见的搞笑情节。——译者注

藏在弯道后面以免他尴尬,但他看到了我试图掩饰我看到了他窘迫的样子,我们都大笑起来。

"正如你所见,这是一种非常高效的移动方式,"谢夫说道,"专业的消防队员都是这么做的。"

我们的下一站是特塞拉岛上的必去景点:煤炭洞穴(Algar do Carvão)。这可能是世界上唯一一处可以直接走入的火山锥。最初的火山喷发是在大约三千两百年前。两千年前,同一位置的另一场火山喷发喷出了山体内的熔岩。岩浆流空后,山体内形成了一个洞穴,穴壁上的岩石闪耀着铜和金的光泽,就像古斯塔夫·克里姆特(Gustav Klimt)的画作《吻》(*The Kiss*)里情人的外袍那样。

我们向运营该景点的登山者团队支付了六欧元。柜台后的那个人告诉我,团队首次探索这个洞穴是在1963年,那时一个农夫的一头奶牛走丢了。搜寻队发现了开放的火山口。登山者团队让一个人坐在绑有绳子的椅子上,将他慢慢地下放到漆黑一片的洞中。此人提灯在三百英尺深的洞穴底部照到了奶牛的尸体。

在展览的起点及整场自助游途中,亚速尔的地方政府都花钱为特塞拉岛期待已久的游客们设立了新的标牌。标牌上有一面葡萄牙国旗,上面写有一行"*Você está aqui*"

（你在这里）。其下方有一面英国国旗，上面写着"You are here"（你在这里）。再下方有一面美国国旗，上面写着"You are here"。那下方是一面加拿大国旗，上面……①好吧，你应该了解了每个国家的游客都能得到各自的接待。

我们穿过一条漫长的由电筒的诡异灯光照明的水泥隧道。打开通向洞穴的玻璃门，我在一阵凉风的吹拂下走入火山内部。石阶一直向下、向下、向下延伸，台阶表面变得越来越湿滑，直至抵达洞穴底部的湖边。岩壁上垂着由硅酸沉淀物形成的钟乳石，这在这一地区相当少见。它们看起来像是动态的，就在我面前不断生长着。但这些钟乳石实际上每个世纪仅生长1.5～2厘米。

从火山锥内部抬头望去，岩壁上覆盖着一层海绵般柔软且富有弹性的浓密苔藓，穿过这层鲜绿色的植被，我能看见火山口露出的天空。有些树枝的一部分伸入了那片圆形的天空。

"看到那些树枝了吗？"谢夫问道，"它们从这个角度看起来好不一样。"

在谢夫的童年时代，人们已经知道了火山的存在，但

---

① 标语上的文字意思均为"你在这里"。——译者注

这里并没有游客入口,也没有售票处。一天,谢夫和他的死党们(其中不少人至今仍常常和他"泡"在一起)决定去寻找这座火山。在一张粗略的地图的帮助下,他们在丛林中开出一条路来,找到了火山口。他们抽签决定谁负责爬到树枝上往下观察,其他人则只是驻足观看。

谢夫输了(或者说在他看来是赢了)。当时十分精瘦的他爬到了细细的树枝上,窥探着火山洞穴的深处。

一想到他很可能就遭遇上与农夫的奶牛一样的命运,我不禁打了一个冷战。但即便如此,想到不久前这里仍存在着如此不受管控的探险活动,也让我感到一阵兴奋。

谢夫正在考虑是否要去上大学。他热爱他的工作,尤其是与搜寻和救援有关的事,这些就像是成人版的火山口探索。但消防队员是一份吃青春饭的工作。他们不可能一直扛担架和爬悬崖。如果他受伤了,没有大学学位的他将无法升入管理层,而他还要供养一个家庭。

他对自己的潜能的好奇心也在促使他行动。谢夫博览群书,而且还内化了祖父的智慧。谢夫一直认为自己比那些大学毕业的管理者要聪明得多。但是他要如何在他人的舞台上拔得头筹呢?这是否又会改变他呢?

谢夫这位亚速尔最忠实的拥护者和这片群岛一起站在

了同一个十字路口——他们想到更大的舞台上一争高下，但又希望能保持自己的特质，不被外面的世界改变。

他说，尤其是在美国基地不断缩水的情况下，亚速尔亟须旅游业带来现金流。葡萄牙加入欧盟时，协议中就包括亚速尔将降低牛奶产量、接受财政支持以发展旅游服务业。特塞拉岛的十年计划是为迎接生态观光及探险类游客做准备，他们大多会住在乡间的小型旅馆里。不会出现廉价航班或是大型酒店里的折扣客房——特塞拉岛不希望发展大众旅游。群岛中面积最大的圣米格尔岛承接了大部分游客，这对其他八座岛来说皆大欢喜。普遍的看法可以总结为"你们可以留着他们"。这是在欧洲债务危机之前，而当危机发生时，随之而来的绝望引发了一场有关是否要放松监管的争议。

谢夫让我发誓，如果他真的上了大学而我发现他由此发生了变化，我就得告诉他。

在接受外面世界的同时还要维持原样，这真是一种美好的幻想。

作家曼利

有一种爱,要比普通人的一起刷剧、一起做家务的普通恋爱更加完美,能带来更多感官上的享受。这种爱可以提供精神上的理解和难以描绘的肉体上的种种可能。

我在描绘的自然是单相思。

很长时间以来,我的内心一直怀有一种隐约的满足感,我知道曼利和我终将修成正果(也就是指男女双方有一天会突然意识到两人是命中注定的一对,你和我由此转变为迷人而闪光的"我们")。但这一切忽然间变得飘忽不定了。我们真的开始思考是否要在一起。

我们是从深夜的电子邮件开始的。文字就是最"我们"的事物。但这之后我们又打起了电话。他总是说不出话来!我也是!一切都不会按照我花费大把时间编排的剧本发展。就连撩人的那部分也是如此。在我的脑海中，剧情必定会在潮湿闷热的氛围下朝着情色的方向徐徐展开。但是我们关于性爱的对话就像银行并购案一样富有情趣。我提出抗议。为什么我们之间如此严肃？我们从不讨论性会不会让他觉得很奇怪？

在那段谈话中，我们正讨论到我回去时他是不是该来机场接我。他说他不太明白这和性爱有什么关系。我是在提议在车里云雨一番吗？

哦？我想着，正好可以加点料。

"是的。"我说。

"不行的。你的腿太长了。"他说道。

他很可能是在开玩笑。但我笑不起来。因为每当我穿上我最喜欢的靴子，他都会指出这双鞋让我显得比他要高一点。我和他说，我知道我很高这一点让他感受到了困扰，但他也没那么矮。（剧情的发展和我心里想的不太一样。）这和我幻想中的亲热剧情完全是两码事。

没问题。我可以重写。如今我一边散步，一边偷笑着构想我们终于在激情一夜后，是如何以这个尴尬的开场为乐的。

然而事实是，如今我们之间的邮件都变得忧心忡忡。

如果说情书是一种乐观情绪的表达，那么这些邮件就很难称得上情书。

他不断地问着同一个问题。如果这段感情最后发展不下去怎么办？我们要怎么重新做回朋友？我则会揪着他的犹疑不决不放："所以你根本就没想继续？你是想要直接做回朋友？"

我的父亲一定会说我们俩简直就比闯入气球工厂的豪猪还焦虑。这让我想起了我的"嘉年华村水滑道理论"。

嘉年华村水滑道理论

我早期的一份工作是在嘉年华村水上乐园（Fiesta Village Waterpark）。我的职责是一边把皮肤晒黑一边说："去吧。"暂停。"去吧。"暂停。这是为了确保下一个孩子开始玩水滑道时上一个孩子已经出池子了，不然前者就会直接摔在后者头上。

这个过程中唯一的停顿会发生于孩子走到滑道顶端后站着不动时。

"去吧。"我说。

然而这个孩子一动不动。

我并不是不能理解。我自己也恐高。我仅跳过一次高空跳水,那也是为了获取救生证书,而这让我找到了一份将我晒到长斑、绝不敢再摘下帽子的工作。光是爬上水滑道的顶端就让我有些晕乎乎的。

但是对这些不敢跳下去的小孩来说,爬下梯子才是又挫败又痛苦的体验。在引导他们一小步一小步地爬下梯子之前,我总是会一直等到实在等不下去为止。

"嘉年华村水滑道理论"认为,一旦来到水滑道的顶端,你只能往下跳,不然等待着你的就是一场悲痛的跋涉。

不过话又说回来,曼利和我之间发生的一切都没有实感,而我的想象力往往过于丰富。

阿尔门听了我的水滑道理论后肯定会说:"这种想法不对!"他还会告诉我,有一句波斯谚语说,只要发现方向错了,什么时候回头都不晚。

我的父亲会说:"行不通的,可能那就是一条不会打猎的狗。"如果曼利和我就是那些可怜的不敢往下跳的孩子,也许我们最好还是小心点选择下梯子的方式,而不是猛地跳下去呛一鼻子加氯消毒的泳池水。

结果是,这根本由不得我来做选择。

在弗雷斯诺,有一位女士正在做土豆沙拉和买巧克力蛋糕。

"她不停地来我家里。我根本没邀请她。"曼利在电话上和我说。

我意识到这一刻终于到来了。他显然在酝酿着如何告诉我这个纠缠不休的女人让他意识到我和其他女人不一样。我是唯一的那一个。我走到阳台上,想要一边看着美丽的海景,一边进行这段将打消一切顾虑的对话。由此,一切,都将,改变。

"戴安娜,"他用低沉的声音缓缓地说道,"今天她提着一个野餐篮出现在我家门口,和我说她绝不会允许我拒绝她的。我意识到这比我们之间的关系简单多了。"

很长时间以来,我们第一次进行了谈话。认真的谈话——我和那个我真正认识的、有趣诙谐但又情感受到伤害的朋友之间的谈话。他和我所做的那些朦胧而又浪漫的白日梦并没有太大的关系,而且很可能永远不会产生关联。

我挂掉了电话。

"战栗,"我向大海低语道,"真是前所未有的影像。"

距离罗曼娜和约翰回家的时间不远了。玉米长得很高,从马路上已经很难看清罗曼娜的三面旗帜了。天光渐渐被染成了焦黄色。

一天下午在消防站,谢夫正在做时间表,我在给欧迪和阿尔门写信,谢夫乐队里的另一个成员莫克斯正在修电脑,他是一名可再生能源工程师。站里很安静,人人都专注于自己的任务。突然间,不知是云还是日光的变化,给房间里罩上了一层暖光。莫克斯看向窗外,说:"看,格拉西奥萨。"对面那座只能在一小部分日子里见到的岛正闪着光,就好像被包裹在了锡纸中一样。

我的电脑上放着音乐,此时恰好放到了莱昂纳德·科恩(Leonard Cohen)的《哈利路亚》("Hallelujah")。莫克斯跟着唱了起来。谢夫配上了和声:

> 每一个词都会闪光。
> 无论你听到的是什么。
> 是神圣的还是破碎的哈利路亚。

向无所有举杯

这是约翰和罗曼娜在特塞拉岛上的最后一晚。我向他们的房子走去。我感觉我不只是去向他们告别,更是向这段梦幻般的时光告别——向九岁的约翰、迷失的我,以及提供马提尼的罗曼娜告别。

罗曼娜一边给终于发芽的草浇水,一边看着玉米地和大海。空气中弥漫着水洒到草上时那种美好的气味。她说她脑海中想的是她的父母。

"我不知道还有谁会像他们那样相爱。"她说道。

罗曼娜结婚了,但丈夫生活在圣米格尔岛上,而她住在波士顿。我是从约翰口中听说这件事的,他有一天说起,他祖父母说,只有夫妇分隔两地,婚姻才能长长久久。

我和罗曼娜说,我想我感受到了 *saudade*。

"这可以指快乐也可以指悲伤,"她说,"这个词没法翻译。绝对不行。"

她不停地看向大海。

"我是美国人。"她没来由地说了一句。我知道她说的不只是拥有美国护照这件事。罗曼娜担心自己变得不像她父母了。

她有一张她父亲头戴草帽站在自家地里的石墙旁的照片。早些时候她也戴了这顶帽子。她让我给她在相同地点拍了一张照片。马里尔瓦和约翰举着老照片,指引我和罗曼娜寻找尽可能接近的角度、站姿和背景。

"我看起来很像他,"我给她看了相机屏幕上的照片后她说道,"他是我所知道的最好的男人。"

罗曼娜比平时站得更直,视线完全没有离开大海。

"我不停地回来,"罗曼娜说,"为什么?是要为我的罪恶付出代价吗?等我到了天堂后,上帝会说,'哦,来了个每年都去特塞拉岛的可怜人。她受的惩罚已经够多了——让她进来吧,她不是个傻子就是个圣人'。"

"我认为我只是长大了,或者说他们长大了。我还没想清楚这个问题。我没有变得更好或者更差。我只是变得和这里的人不一样,我有时会为这一点感到难过。"她说道。

约翰正在做一个稻草人，以替代罗曼娜来保护这片草地。我们架起穿着宽松夹克衫、叼着烟斗的稻草人（我感觉约翰把稻草人和雪人搞混了）。罗曼娜决定我们还要生一堆篝火。她让她最忠实的仰慕者带来了一大堆枯树干，并且邀请了邻居们。

太阳落山后，她分发了手鼓和墨西哥的沙锤。我们生起火。火堆中不断发出美妙的噼啪声。我们围着篝火跳舞，兴奋地大喊大叫，尽力地吵闹和欢笑。

那之后，我来到消防站。除谢夫外的所有人都睡了。访客时间已经过了，但我和他说我得用一下电脑，是件急事。我爬上楼梯，在屏幕的光线下给欧迪写了一封邮件。此前我请她帮我保管了一部分钱，这样一来等我花光钱不得不回家时，还有钱可以买机票。我请她转给我旅行经费中的最后一点钱。随后我预订了飞回家的机票。并不是说我要急着去做什么事或见什么人。我本来也不知道我为什么来到了这座大西洋中央的小岛上。

谢夫换班的时间到了。他开车载我回家，顺便进来喝啤酒。他知道我对曼利的感情。我告诉了他所发生的一切。

"我什么也没有，"我说，"我没有钱。我没有工作。我没有人爱。我根本不知道自己接下来要去做什么。"

谢夫伸展双腿,深深地吸了一口无时不在到让我担心起他的健康状况的烟。他举起啤酒瓶。

"向一无所有举杯,"他说,"什么都没有就是什么都可能发生的时候。"

第三部分

跳过去!

等我回到加利福尼亚的时候,我破产了。

这不是那种"我的黑色靴子看上去破破的但我买不起新的"类型的破产,而是"这点钱是用来付房租还是买吃的"类型的破产。

幸运的是,房租只需要付一半。我的租客,也就是河流调查员马特,在获得博士学位之前在弗雷斯诺得到了一份工作。他把学业搁置一旁,接受了这份工作。此时正值经济衰退,绝不是拒绝工作的好时机,即使他有一个未婚妻和一只宠物兔,以及一间在圣巴巴拉的公寓。

马特为我省下了很多生活费,主要通过:

1.分担账单;

跳过去!

2.成为一个忠实的环保主义者。

我们很少开空调,我们还会在后门走廊上把袜子晾干。

我没有时间去找一份"真正的"工作,因为我忙着做《洛杉矶时报》的兼职记者。我从小就看着这份报纸长大,并且一直渴望成为《洛杉矶时报》的记者。小时候的我并没有过早地对政治或国际事务感兴趣。我读报纸是为了看头版上的"第一专栏"之类的内容,我对这些内容唯一的要求是读起来有意思,甚至不是新闻也可以。那些故事讲述的是世界各地的古怪事件或者就在身边却从未细想过的事物。我记得当时他们管这些叫人性化故事(human-interest stories),那时人们仍认为大多数人之间存在着共同的兴趣点。

一位《洛杉矶时报》的编辑在我从亚速尔返回后不久给我打了电话。当时我正在坐在餐桌上的电脑面前,一边赶工航空杂志的一篇关于五大这这那那的文章,一边祈望着兼职的报酬能在我的失业补助花完之前到账。我感到烦闷极了。

电话响了。弗雷斯诺附近有突发新闻,她希望雇一名当地的自由职业记者尽快赶到那里。我穿上徒步靴,抓起笔记本和车钥匙——对此流程我仍能体会到一种熟悉感。

在位于弗雷斯诺以东约二十英里处山麓地带的明克勒（Minkler），一名男子枪击了三名执法人员。一人死亡，另一人可能难以救活。这名男子遭到围堵，一场有数百名警官参与的枪战正在山间展开。

我为记者史蒂夫·乔金斯提供信息，我通过他的记者署名判定他会是那种在报道凶杀案之余撰写幽默诙谐的生活小故事的人。在我知道他是这类作家之后，我又和他分享了这个季节的果园有多漂亮、一头牧羊犬试图和一名警官交朋友，以及在明克勒的玛丽、查理、萨莉和杰夫是怎么互相认识的。我想的是他可能还会做后续报道。

我不知道的是史蒂夫也认出了我的署名。他关注着美国各地的报纸，拥有能记住所有人名的神奇能力。他在两年前看过我写的文章，因而记得我的名字。他告诉他的编辑卡洛斯·洛扎诺应该让我来写明克勒的后续报道。

新闻事业把卡洛斯从得克萨斯州吸引了出来。他为作家和移民声援，酷爱梅尔·哈格德（Merle Haggard）的歌，尤其是关于图莱里的克恩河（Kern River）的那种。卡洛斯一直坚信，以农业为主的中央谷地需要更多人在报纸上为其发声。很快，我就开始定期写作有关加利福尼亚乡间生活的文章，例如，一所高中的七名毕业生丧生于伊拉克和阿富汗的战争，以及在加利福尼亚最贫困的城镇中，农场工人的子女组建了一支国际象棋冠军队伍。

这些故事只有都登上头版才能让我赚够房租。一开始，一篇头版报道的价格是六百美元，非头版则是三百美元。卡洛斯为我四处游说，坚称一个熟悉中央谷地的撰稿人十分珍贵，不能让她陷入多萝西娅·兰格①照片中的那种营养不良的境地。我的稿费上升了。我得到了我梦想中的工作——虽说并不是真的被雇用。

我住在原先的报社附近，芭芭拉便能来我家吃午餐。她会带来一份瘦身特餐（Lean Cuisine），用我的微波炉加热，因为她知道我总是食物储备不足。她认为我正朝着正确的方向大踏步前进，根本不用在意钱的问题。

"这只是个时间问题。他们总会雇用你的。我能感觉到。"她说道，展露出了她标志性的高昂热情。

我知道这不是真的。《洛杉矶时报》不能再雇人了。五年前，一位名叫山姆·泽尔的出言不逊的房地产大亨收购了

---

① 多萝西娅·兰格（Dorothea Lange, 1895—1965），美国颇具影响力的摄影师，以拍摄"大萧条"时期民众生活状况的作品著名。——译者注

拥有这家报社的公司。第一次走入报社编辑部时,他站在所有人的面前立下誓言说,他要执行"打开和服"①政策。这对很多人来说意味着令人不安的前景,而且山姆·泽尔看上去就像是马古先生(Mr. Magoo)和大力水手(Popeye)的结合体。他用员工的养老金计划来资助收购报社的交易,贬低和降职处理那些坚持新闻正义的职员,最终搞垮了这份报纸。他骗完一局便拍拍屁股走人,这份报纸却陷入了暗无天日且漫无尽头的破产程序。我不会被雇用的,因为泽尔掌权期间报社冻结招聘。我不过是在暂时做个美梦。我的计划是——正如欧迪常常建议的那样——忧虑明天的事。

然后,我撞见了一头公牛。

在亚速尔熟人的介绍下,我做了一则有关步斗士(forçados)的报道,这些人会在斗牛过程中像多米诺骨牌那样排成一列,以任由公牛撞在他们身上的方式将牛逼停。如今出现了一整代出生于加利福尼亚的步斗士。

我来到史蒂文森(Stevinson,总人口二百九十人)做报道。我站在斗牛场的围墙后方,采访几名斗牛士,与此

---

① "打开和服"(open kimono),指向新合伙人披露公司内部运作情况的信息共享政策。——译者注

同时,他们所属的队伍正在场内与牛对决。看台和我之间还隔着另一堵更高的围墙。我正看向另一个方向,没注意到那头牛在被带离场的过程中逃离了斜道。

我正在采访的那个人大喊道:"跳过去!"

"跳到哪里?"我问道。

"围墙那边!"一大群人一边朝着我大喊,一边瞬间就跳到了看台那一侧。令我万分惊异的是,我也做到了。通常情况下,跳过网球场的网对我来说就是一大壮举了。但在逃跑的公牛面前,人类的能力简直惊人。

当天晚上,我思考了我不稳定的财务状况。我给本地新闻主编写了一封短信,告诉对方我在公牛面前跳过围墙时突然意识到我确实很需要医疗保险。

几周后,我的编辑卡洛斯打来电话。"你是坐着的吗?"他问。

我猜想他是来告诉我他们没办法派摄影师来拍摄我写的故事了。又一次。我叹了一口气,重重地坐在了厨房的凳子上。

"现在坐着了。"我说。

"你被录用了。"他说。

我发现这是一条无法争议的事实,那就是无论报社所属公司的高层正处于何种状况，社内总有人有办法搞定一些事。事实上，我觉得这一真理适用于世上所有事务。卡洛斯和他上级的编辑们清除了路障。其他编辑想让卡洛斯来告诉我这个消息，因为他在这件事里最卖力。

在洛杉矶，卡洛斯正在他老板的办公室里。桌上有一瓶培恩（Patrón）龙舌兰。他们正等着欢呼和举杯。

在弗雷斯诺，我什么也没说。我惊呆了。他们等待着。一阵沉默。

"戴安娜，你在吗？"卡洛斯问道。

继续沉默。我连这个问题也回答不了。我从四年级起就梦想着这份工作。

这份工作如旋风般裹挟着我向前。我不再只是筛选故事了，而是如打地鼠一般东奔西走地负责起整个区域的新闻。

为了舒缓压力，我买了一张乒乓球桌。我和芭芭拉还有她的丈夫布鲁斯试图组装这张桌子，然而它有一百个零件，以及一百页的说明书。

第二天，穆迪来了。他所做的第一件事就是撕掉整本组装指南。然后他把桌子搭了起来。他常常会在下午出现和我来上一局。大部分情况下都是他赢。但只要我在赶稿，我就总能赢。肾上腺素总能助我发出好球。

雨

旱灾有以下特点。

它和其他毫不含糊地袭来的自然灾害不同。对于火灾、地震、暴风雨和洪水来说，它们存在一个明确的发生时间，存在灾害发生前和灾害发生后的区分。然而在旱灾的情况下，就只存在"如果"：如果十月底之前还不下雨，如果整个二月都不下雪，如果来年或者再下一年都是旱年。甚至都不存在约定俗成的旱灾定义——它是降水、经济和政治状况的复杂组合，尤其是在河流会被改道、水资源可以买卖的加利福尼亚。

谁会受到伤害，谁要忍受一切，这又是一连串"如果"：如果你很穷，如果你生活在农村地区。至少最初是这样的，直到每个人都受到影响。

我知道中央谷地经历了一个非常长的干旱期。但我是在报道另一则和雨水缺乏毫无关系的故事时开始留意到似乎少了点什么的。在谷地更穷困的地区，人们的处境也更绝望。令人困惑的是，这都发生在小块区域里，它们互不相连，呈棋盘格状分布。一些家庭告诉我和摄影师迈克尔·鲁宾逊·查韦斯，当地已经没有任何工作可做，周围所有人都逃往了其他州，然而仅半英里外的地方，一切照常，牧场庄园里绿草如茵，灌溉充足的农田里作物收成可观。

专攻农业和商业的同事告诉我们，旱情并没有体现在统计数据上。中央谷地横跨四百五十英里，从雷丁（Redding）一直延伸至贝克斯菲尔德（Bakersfield），东至内华达山脉，西至海岸山脉，很可能是全球最高产的一片耕地。加利福尼亚产出的水果、蔬菜和坚果几乎占全美国消耗量的一半。中央谷地种植数百种作物，包括杏仁、洋蓟、开心果、桃子等。在每年的几个特定时期，全美国几乎所有生菜都产自加利福尼亚。该州的农业产业是其他州望尘莫及的。

然而尽管如此，农业贡献在加利福尼亚州总产值中的占比还不到2%，这与好莱坞和硅谷相比微不足道。更重要的是,这里的田地仍在出产粮食——规模较大的种植商不是在挖更深的井,就是能最先获得水源配给。食物价格没有显著上涨。最先受到旱情影响的人们在统计数据上并不重要。

我们并不关心数字。我们看到的是活生生的人。我们听到的是惊慌的呼救声。

迈克尔从洛杉矶驱车而来,住在波特维尔的酒店里。他凌晨三点起床,去和农场工人们一起无望地找活干。根本就没有活可干。没有水权的小型农户只能被迫休耕。在水价不断上涨的情况下,继续耕作只会让他们赔本。

我熬了无数个通宵来给"第一专栏"写报道。我在桌子上放了一堆约翰·斯坦贝克(John Steinbeck)的书作为灵感来源。"第一专栏"的编辑卡里·霍华德送了我一本初版精装的《愤怒的葡萄》作为圣诞礼物,就好像我的压力还不够大似的。

旱情越来越严重。农业小镇的入学率不断下降。我和迈克尔花了两天时间在一所小学调研,相比于留在课堂里上课的学生,更多的孩子正和家人们一起排队领取分发的食物,为出行做准备。我每晚都离开一个所有希望都只能寄托于雨水的地区,来到一个对旱情毫无所知、草坪上的洒水器仍定时开放的地区,这便是我每日的行程。抵达我所描述的这些干旱区域开车仅需半小时,然而相邻地方的人们会问我那里情况怎么样了,就好像我刚刚去的是另一个国家。

过去的我总是在淋浴时思考得最有成效,我相信这是大部分作家共享的一个特质。然而,现在的我看着水不断顺着排水口流走,很难再在脑海中构思和写作。我知道在偏远地区,人们会用桶接洗澡水,用这些废水来浇灌仅剩的作物。

慢慢地,这种折磨开始无情地扩散,从不被关注的工人身上蔓延到小型农户那里,直至波及各个城镇。在中央谷地,农民们从枯竭的含水层中抽水的同时,整片土地正在下沉。空气中弥漫着污染物。天空失去了雨水的冲刷,被化学物质染上一层灰褐色。到了晚间,地平线上就会出现一条炭黑色的色带。

我总是感到头痛。我需要在留在室内和出门骑行之间做选择,而后者会让我担心起胸口出现的灼烧感。

我的狗墨菲此时两岁。它是一只出了名的"难搞"的小狗,热衷于破坏一切。每个人都和我说等它两岁了就会安静下来。这并没有发生(直到它三岁,突然间像是按下了开关一样，它变为温顺的代名词）。在它两岁时，和墨菲半和平式相处的唯一方式就是陪它扔球，扔到我的手臂都要脱落为止。然而我担心让它在室外奔跑不利于它的健康。当你觉得呼吸室外空气是比让一只精力过于旺盛的拉布拉多停止活动更糟糕的选择时，你就能明白情况有多恶劣了。你的担心还来自知道其他人在养育孩子时也面临着相同的窘境。

一个八月的周末，我前往中央海岸见我的朋友雪莉。我迫不及待地想让墨菲在海边清新的空气中追逐海鸥。我自己可能也会跟在它还有海鸥的后面歪歪扭扭地奔跑，以及呼吸，呼吸，呼吸。

内华达山脉爆发了山火且火情正在扩散，政府官员对此相当警觉。不过因为旱灾，山上总是爆发山火且不断扩散，政府官员对此也总是相当警觉。我写了一篇新闻简报，发了出去，然后往车里扔了一个旅行包，包里装的终于不再是现场记者的徒步靴和消防装备，而是热裤和人字拖了。

一小时后，我接到编辑的电话，便调转车头。环火（Rim Fire）正飞速蔓延，我将墨菲托管给邻居，跑到家里抓起了被我抛在身后的消防装备。

消防员们称,这是他们第一次面对一场他们并不确定能否扑灭的大火。树木和灌木都很干燥易燃,空气也十分焦躁炎热。他们对设立于安全地带用于休整和调度的大本营进行了紧急疏散,随后它便被山火焚毁,而且被焚烧了两遍。

这场环火的主火被扑灭后(闷烧还将持续数月)的几周,我得知一场高风险且不为媒体或高层消防官员所知的引火回烧行动拯救了一片巨杉林,这种植物属于世界上最古老的生物之一。如果这最后一搏失败了,那么山火就很可能越过默塞德河(Merced River),攻入著名的约塞米蒂谷(Yosemite Valley)。

另外,那些正缓缓现身的灾害带来了同样可怕的影响。在加利福尼亚部分地区,牛和马都在挨饿。它们没有草吃了。

日常生活发生了变化。家长们告诉孩子,如果喝不完杯子里的水,就把剩余的倒到狗的水盆里。一名男子试图用洗碗水养活他已逝妻子最爱的玫瑰花丛。

庭院、运动场和公园变得焦黄。部分湖泊河流的水位下降,部分已彻底消失。我得到了一个昵称:旱火小姐。这个昵称驱之不散,因为我只写有关干旱和火灾的报道。

雨

周末，为了逃离脑海中满是生态灾害的状态，我爱上了登高，山上的空气凉爽且清醒。仍住在同一条街上的穆迪会开着他的白色皮卡来接我和墨菲，我们一路开上内华达山脉，深入林地，来到湖边。穆迪和我已一起徒步数年，有着偏爱的登山路线。

我很清楚地记得我第一次预感到旱灾可能会变得十分严重的那个周末，因为那场徒步过程中发生了"著名的黑霉（black mold）事件"。

著名的黑霉事件

我在洛杉矶的一个朋友提起她对银发蓝眼睛的男性毫无抵抗力。穆迪不是我喜欢的类型（即一个让我感觉到他在留意我的人），但我明白，客观来说他很帅气：他的头发正渐渐变成银白色，他有着一双蓝眼睛。

我计划着展开为他牵线的话题。我还要给我的备用水壶接水。穆迪很不耐烦，他说他的备用水壶够我们两人喝了。

我们迷路了。是他提出不走现成路线的。我们最终来到一处太阳暴晒下的山坡，一路上不得不把墨菲推上一块块巨石。我的水喝光了。我们终于爬到了湖边,在一根圆木上坐了下来。

"给我你的水。"我说。我痛饮一口,皱了皱鼻子。

"味道很怪。"我说。

穆迪手里拿着水杯盖。他看了一眼,若无其事地说:"哦,可能原因在这里。"杯盖上覆盖着一层黑霉。

我呛了一大口,克制住了一阵恶心。

穆迪说:"哎呀,马库姆,别反应过激了。你总是这么夸张。"

我说:"这可是黑霉——是有毒的!"

"兄弟,"他说,"只有你吸进去才会有毒。"

我判定我不能把他派去洛杉矶去见一位成熟女性。穆迪不适合约会。对他来说这不成问题。他想要的就只有去森林里散步、阅读《国家地理》杂志,以及一个人待着。

在我从他试图毒害我这件事中冷静下来之后,我们找到了一处可以接水的地方,随后继续向更高处的湖泊攀登。在这种时刻,他是一个很优秀的伙伴,因为他会认真观察四周。他用眼睛而非用语言说话。我通常更喜欢语言，但在令人不安的事物不断侵入我们眼帘的情形下，用眼睛的方式更胜一筹。这一切对于词句来说太过缥缈了。

我们经过了下方的人工休闲湖，游船码头处已一片干旱。这是加利福尼亚州运输和买卖水资源体系的一部分。对此我们发表了一番见解。

然而，抵达我们最喜欢的一座天然湖之后，我们都安静了下来。这个花岗岩碗中亿万年前就盛满了融化的冰川，但我们从未见过水位降到如此之低。穆迪摇了摇一朵红花，这朵花前还有一点雪迹。我记得几年前的七月末，他在这里拍了一张厚厚的积雪的照片。这里总是处于背阴处。

我们开始轻拍树皮，用手指去卷松针。还有几处小型的野火正在燃烧，我们不停地嗅着空气中的味道。我们绝不是科学家或是博物学家，但我们知道情况比我们所意识到的还要糟糕。

如果说动物对自然灾害有预知能力，那么这一条并不适用于墨菲和干旱。它跳入湖中游了几圈，快乐地吠叫着。穆迪叫它蠢狗，我对此很不满。

我询问了科学家。他们说不能保证旱情会在某一天结束，如果真的结束了，那也不能保证下一场旱灾不会更可怕。他们说这很可能属于更大型的气候变化的一部分，而非仅仅是怪异天气的问题。

一天，我在城里开车时看到一张车贴上写着"气候变化只是空话"（Climate Change Is Just Hot Air）。我感受到了一阵嫉妒，这就好像你到了三年级的时候，班上仍有一个孩子相信圣诞老人真的存在，你希望自己也能和她一样，因为小时候的生活有趣多了。

作家曼利也在深挖旱灾题材。他探究的是谁控制了水资源及其原因，他们要用这些权力来做什么，还有谁能从这场不幸的灾害中获益。

一天晚上，我们在一家小小的泰国餐厅吃晚餐。我们交换了有关过度开发新的杏仁种植地的信息，这种作物需水量极大。投资集团正在购入土地、挖掘水井并在这些土地上种植高价作物，与此同时，普通的家庭却连饮用水都不够用。投资者的资金可以熬过所有人，由此来抢占土地和水权。粮食生产最终是否会被掌控在我们知之甚少的少数集团手中呢？

我在镜子中看到了我们自己的模样。我们的表情都很沉重。我一度认为我们会成为魅力四射的一对。如今却成了两头年迈且忧心忡忡的老狮子。我把目光聚焦于他手臂上健壮的肌肉，试图重新找回曾经的那种渴望，重新享受片刻的愉悦。但那样的时光已经过去了。

我们聊起过我们差点交往的那个夏天。我告诉他我特意去阳台上接听那个可能意义重大的电话。但他甚至不记得那个给他做土豆沙拉的女人了。这根本就不是另有人出现的事。对他来说，我就不是对的那个人——反之亦然。几个月后，他遇到了一个人并与她相爱了，虽然这段感情并不长久。我从亚速尔回来后也找到了我爱的人，虽然这是一段异地恋。这段关系在近期画上了句号。旱灾期间的分手看起来很合时宜，毕竟一切都在消亡。

去亚速尔已是六年前的事了。但我总是想起特塞拉岛。有时候我会在夜里醒来，想象着亚速尔的那种蜜糖般的花香混在咸咸的海风中的气味。

我的脑海中会突然闪现布满点点繁星的夜空，光是回忆中的场景就让我想要仰起头缓缓地转圈。在内华达山脉的山麓徒步时，我一边走过受旱灾侵袭的杨树，一边想着岛上步道两旁缠绕着的藤蔓和长青的热带树木，还有我的靴子陷入步道上深色的火山土时的感觉。

我最怀念的是亚速尔的 *chuva*（雨）。温柔而细腻的雨，你几乎不会注意到它是什么时候开始或结束的，只是会想要尽情地呼吸。

多年来,我一直在iPod播放器中留着一段我录下来的科里海鸥的叫声。我仍然认为这种叫声是大自然在试图让你开怀大笑。我听了这段录音。我需要笑一笑。最近我还在反复听布鲁斯·科伯恩的一首老歌:*如果这是世界的最后一夜,我会做什么? 我会做点什么不一样的事?* [①]

我有一条人生理论,名为"威利·旺卡巧克力糖理论"。

威利·旺卡巧克力糖理论

在英国作家罗尔德·达尔(Roald Dahl)的经典小说《查理和巧克力工厂》(*Charlie and the Chocolate Factory*)中,你得知查理·巴克特(Charlie Bucket)只有一次机会得到参观工厂的金奖券:一块每年生日才能收到的巧克力。他打开巧克力,里面没有奖券。不过随后他的祖父乔掏出了一枚私藏的银币,他们又买了一块巧克

---

① 即布鲁斯·科伯恩(Bruce Cockburn)的《世界的最后一夜》("Last Night of the World")。——译者注

力。还是没有奖券。冬天到了，全家人都开始挨饿，因为巴克特先生丢了工作（成年以后你才会意识到儿童故事有多沉重），而查理发现了一美元。他买了一块巧克力，全然没有想到奖券的事，因为他已经饿坏了。他囫囵吞了下去，甚至没有注意到里面没有奖券。他又买了一块旺卡美味巧克力软糖，奖券出现了。

重点是，大多数情况下你并非真的只有一次机会。

2015年，旱情仍在继续。不过，早些时候我写的那些关于人们试图保住自己的家园、农场和梦想的故事获得了普利策特稿写作奖。我有了一笔意外的收入，并决定用它"再买一块威利·旺卡巧克力"。我休了一年假，回到了亚速尔。

如果这是世界的最后一夜，那么我想要做点不一样的事。

回归

在特塞拉岛上最大的城市英雄港的一家店里,帮我开通葡萄牙电话号码的那位年轻女士在看了我给出的住址后露出了怀疑的眼神。

"塞雷塔(Serreta)?那是在北边呢。我可没法住在那里,"她说,"我得住在有商店和能走路去海边的地方。"

塞雷塔是特塞拉岛上最小的村子之一。我选择这个地方是因为很多人离开了这里且不再回来,要回来也是几十年后的事了。塞雷塔有不少"鬼屋"——闲置多年的空房子,没有房主,因为他们都已前往加利福尼亚、加拿大和大波士顿地区了。"废屋"在亚速尔是一种标准的房地产门类。贴在房产商窗户上的传单展示着破败不堪的石头建筑。不过,最常见的废屋广告是用油漆喷在这些屋子长满苔藓的石墙上的"*vende-se*"（出售）字样，一旁原先是窗户的地方缠绕着各类藤蔓。

塞雷塔距离英雄港的鹅卵石街道和露天咖啡厅约十二英里。这座土豆形状的岛长约十八英里，最宽处大概十英里。我对着这名热爱都市的电话顾问翻了个白眼。不管是在多狭小的地方，人们总能划分出这里和那里，以及哪儿也不是的区域。

有一条环岛的主干道。开车仍然像是玩电子游戏：别撞上奶牛！绕过那个站在路中间的梯子上修屋顶的人！如今还加上了穿着莱卡面料的竞速自行车手。自行车赛和自行车旅行都在特塞拉岛上落地了。

岛上还有一些变化。在加利福尼亚，我通过手机上的一个应用程序就租好了这里的房子。航线已面向大众开放，不再允许携带活禽。不过，在我回塞雷塔的路上，照旧有一长串车在一群漫步的奶牛后方排起长队，随那个坐在奔驰车里的家伙怎么按喇叭，奶牛总是很难催动的。整座岛上仍然只有一座天桥，而且也仍然是供奶牛使用的。

我住的那处地产上耸立着一栋芥末金色的房子，它在该地产的八个继承人一个接一个地移民他乡后被废弃了。1980年特塞拉岛上发生地震灾害后，它彻底倒塌了。后来新的房主将之重建成了如今奢华的模样。面朝大海的玻璃门、两间浴室，以及一张正餐桌。

这并不是我租住的房子。

我住在隔壁马棚改建成的房子里。它是由原先的石块重建起来的。阁楼的卧室最初是用来储藏干草的。大门是桃红色的。除了时不时要担忧这些三英寸厚的石墙很可能会在又一场地震后再次坍塌成一堆废墟外，这里对我和如今已变得十分冷静、只是固执过头的墨菲来说十分完美。它和我一起从加利福尼亚来到了这里。

这套跃层公寓有一扇开向大海的窗，另一扇窗开向通往教堂的道路。这是一座著名的教堂。很久以前，一场奇迹降临于塞雷塔。我十分愿意将这场奇迹的详情讲给你听，只是我问了一整个夏天，从没有听说过两个相同的版本。唯一可说的就是有人曾遭遇苦难，神恩将其从中解救了出来。因此，在过去的数百年中，每年九月，那些曾向上帝祈祷并得到了祝福的人就从岛上各地步行来到塞雷塔朝圣，朝圣之旅的终点便是圣母奇迹教堂（Igreja de Nossa Senhora dos Milagres）。这很像著名的横跨葡萄牙、法国、西班牙的圣地亚哥朝圣之路（Camino de Santiago），只不过是小岛版本的，仅需不到四个小时就能走完全程。

回　归

通往教堂的路上，有一个由葡萄牙裔加拿大人玛丽萨经营的小集市。玛丽萨是在同多伦多的一个亚速尔人订婚后搬来特塞拉岛的。

"在加拿大的时候他看起来正常极了。"她说道，说完这句开场白后她挑起一根眉毛，努了努嘴，还点点头，这都预示着我是时候把塑料箱拉出来坐在上面等着玛丽萨讲故事了。

"我们搬来这里后，他和他母亲走得很近。好，我能理解。我和我的家人也很亲密。"她说着，摇了摇手指，张开双手，抱在胸前。

"然后，"她说，两根眉毛都抬了起来，又竖起一根手指，做了一个戏剧性的暂停，"一切都变得古怪起来了。"

母亲坚持给儿子洗所有的脏衣服。一天，脏衣服里意外混入了玛丽萨的内衣裤。晚餐时间，那位母亲含着泪说道，她很高兴玛丽萨不像她儿子的前女友那样穿丁字裤。（玛丽萨说她只是那天碰巧穿了平角短裤。）

那位母亲会凝视着她的儿子，抚摸着他的手臂，说："你永远都是我的男人。"

一天，玛丽萨忍不了了。

"听着，"她告诉那位母亲，"他是你的儿子。他永远是你的儿子。但他是*我的*男人。"

儿子走进屋来,母亲走向他,然后——玛丽萨在讲述过程中张开双臂大幅度地上下挥动着,并且坚持让我用加粗的文字——**亲了他的嘴**。

"说真的,"玛丽萨说完坐了下来,"是我的问题吗?这不奇怪吗?"

她如今已经有了新男友。他帅气又勤劳,他母亲在年轻时就过世了。

玛丽萨的母亲在塞雷塔长大,也是在经济苦难时期离开亚速尔的。童年时期的她曾饿到在教堂举办宗教节日后去那里吃人们剩在盘子里的食物。

在艰难时期之前,在玛丽萨的母亲那一代人挨饿之前,塞雷塔是个避暑胜地。当地的一位历史学家告诉我,是泳衣的出现终结了这个名声。

19世纪,富裕的家庭会在夏季从英雄港来这里避暑,因为炎热的空气在灌木林和拍打在悬崖底部的海浪的作用下会转变成丝丝凉风。那时的欧洲社会渐渐开放了观念,认为可以接受女性穿着从脖子连到脚踝的羊毛泳衣。女孩和妇女都可以游泳了!(没有什么比拜访一个"过去"仍阴魂不散的地方更能提醒一名女性她的生活可能有多么拘束和压抑了。)很快,各个家庭开始在能下水游泳的村子里建造避暑住所。

塞雷塔不是个下海的好地方。我带着墨菲去灯塔散步时,需要用绳子牵住这只热衷于游泳的拉布拉多。一掌入水可能就意味着永别。黑色的悬崖自海面耸立,它们锯齿状的边缘彰显着海浪的威力。惊涛拍岸,激起的白色浪沫如烟花一般炸裂开来。浪花之后的漩涡底下还藏有致命的潜流。

这附近曾立有一座漂亮的灯塔。它的存在很有必要:根据记载,亚速尔附近的海底沉船是大西洋上最多的。不过航海路线改道了,1980年的地震损毁灯塔设备后,人们将之拆除了。如今,这里就只剩下了一栋矮房子和一座红白条纹的废塔,不过我发誓,在暴风雨来临时我看到这里闪耀着灯光。

在我走向这个岬角时,我常常途经一位总在打扫自家前门台阶的女士。她总会用尖尖的嗓音说上几句,墨菲则会快乐地摆起尾巴。芭芭拉就是用完全相同的语调和墨菲说话,所以我知道这位女士肯定是在说:"多漂亮的狗啊!多乖的狗啊!还能把尾巴摇得更用力点吗?"

没有什么比狗更能让特定的词语变得毫不重要了。

我和她总是会站在路边，一边向对方点头微笑，交换几句发音不准且难以理解的葡萄牙语和英语，一边一起夸赞墨菲。

一天下午，一位路过的男士停下脚步问我们是否需要翻译。曼尼是葡萄牙裔美国人，性情亲和，有一栋立在玉米田边的避暑别墅。他十岁离开塞雷塔，此后四十二年都不曾回来。在加利福尼亚时，他生活在圆石滩（Pebble Beach），如果你曾见过那片海滩，那你应该能明白他为什么不急着回这里。

然而，他最好的朋友在五十一岁时去世了。那个能跟他开玩笑的人。那个真心热爱生活的人。那个不该死于五十一岁的人，曼尼说道。

曼尼参加了葬礼。他没有哭。他只是感到心如死灰，仿佛他体内的生气完全消失了。他回到家，告诉他的妻子玛丽，是时候返回亚速尔了——他们本来就常常谈起这件事。

在特塞拉岛降落后，他环顾四周，心想：*好的，我还记着这里*。他听说过有人在下飞机后就崩溃了。他没有那样。他们去了玛丽的家乡，那里的感觉也不错。

第二天，他们开车来到塞雷塔。

回 归

"我们一路开上那座山,一看到村子的路标,也就是可以拐向灯塔那里的路标,我就哭了起来,"他说,"我能感觉到我的母亲、父亲还有祖父母们。我甚至还能感觉到我的曾祖父母们,虽然我从未见过他们。"

"我原本不是这样的人。完全不是。但一切就这样发生了。他们就在这里。去拜访亲戚时,我不得不反复地戴上墨镜,时不时抬眼看看这里又看看那里,因为整整两天里我一直处在情绪失控的状态中。"

他买下一栋房子及曾属于他叔叔的一块地。他和玛丽还有儿孙们每年都会来这里。

有一次在度假期间,他的两个还很小的孙子,仅三岁和五岁,走丢了,他们趁家人不注意溜出了家门。这引得所有人都一阵惊慌,大家开始四处搜寻,呼唤他们的名字。曼尼开车来到灯塔附近。他并不真的认为他们会一路走到这里,只是当天早些时候他带着他们一起来这里摘过蓝莓,而且他已经找遍了其他所有地方。

两人正肩并肩地坐在一截圆木上,面朝着大海。

曼尼走了过去。

"嘿你俩,你们在做什么呢?"他问道。

"看看。"他们一起说道。

曼尼说这是他最自豪的时刻之一。

"他们就只是坐在那里,认真地看着大海。在我的岛上。"他说道。

利文斯顿行进乐团

今年五月和六月初的天气阴沉得反常。空气潮湿而阴凉。在比什科伊图什的熔岩海水池边的小吃店"深渊"(Abismo)里——这里也是我曾和约翰一起吃冰激凌的地方——一名女性对着她那肤色苍白的孩子皱起了鼻子。

"通常到了这个时节他的肤色已经很漂亮了。"她告诉来访的亲戚们。

"而我还穿着毛衣。"她悲伤地说道,拨弄着身上那件烦人的针织衫。

人们渐渐担心起到了圣约翰节(Sanjoaninas)时天气还不好转,这可是将拉开节庆季序幕的节日,会持续整整一周。

一天早上,我醒得比每日的面包派送还要早——我也很高兴送面包仍是这里的日常生活的一部分。我像往常一样走到窗边看向大海，不同的是，这一次我惊讶得跳了起来。那里有两座从未出现过的岛。

圣若热岛和格拉西奥萨岛近得就好像浮在浴缸里的玩具鸭。怪不得将亚速尔的九座岛完整画到地图上要花数百年的时间，毕竟它们总是这样突然出现又突然消失。

海面是深蓝色的，泛着釉彩的光泽，边缘呈紫色。铅灰色的天空已消失不见，取而代之的是浅蓝的底色上印着朵朵蓬松的白云。

"夏季航班"是指根据庆典的时间安排从美国和加拿大直飞而来的航班，而这正是这一季"夏季航班"中的第一架飞机抵达的那个早上。并没有我认识的人要来，但他们的抵达似乎给了我一个开车环岛兜风的好理由。

在拉日什（Lajes）机场，一名男子在下飞机后双手双脚跪倒在地，亲吻了地面。

他不是晕机了。诺尔贝托仅仅吸了一口亚速尔的空气——这里距离人口聚集地的污浊空气九百英里，空气中满是月桂、青草和大海的味道——便跪倒在了地上。他已有四十多年没回过这里。

没有人比诺尔贝托的儿子纳尔逊对这样的情感表露更

惊讶了，为了让父亲回这里，纳尔逊努力了多年而未果。"我和他说，'爸，我们带孩子们回去——你的孙子孙女。跟我们一起回去吧。我给你买机票。'他总是说不要。"

诺尔贝托说，他对亚速尔印象最深的就是，为了彻底离开那里开启新的生活时的自己有多么拼命。

"到加利福尼亚后，我在牛粪堆里卖力干活，没什么时间睡觉，三天后我看了看自己收到的钱，那几乎一文不值，"他说道，"但在亚速尔，没有鞋子，没有电也没有吃的。有的只是不停地哭泣。我很怕回到那里，再记起那些哭声。"

诺尔贝托最终回来的原因是他的孙辈们的行进乐团要去英雄港的主干道上表演。

两年前，利文斯顿亚速尔行进乐团（Filarmônica Lira Açoriana de Livingston）收到了参加圣约翰节的邀请。利文斯顿是加利福尼亚的一个小镇，在那里，奶牛场是由亚速尔人持有的可能性就和奶牛场里有奶牛一样大。

乐团以举办猪肉宴、拍卖牲畜、出售自制葡式糕点的方式来筹款。他们还制作新曲子，加倍排练。

随着他们对亚速尔之旅的兴奋之情与日俱增，祖父母们、教父母们、叔叔婶婶们、好友们都开始考虑，也许这对自己来说也是一个返乡的好时机。诺尔贝托也包括在内,他一度在亚速尔的老家演奏过单簧管,但到了加利福尼亚就没时间继续这类活动了。乐团拥有约五十名成员,但抵达特塞拉岛的群体接近三百人,其中大部分人与诺尔贝托坐了同一航班。

我在几天后的一场午后派对上见到了诺尔贝托和纳尔逊。纳尔逊看起来疲惫不堪。

"我爸失控了,"他说道,"我感觉像是个青春期问题儿童的父亲。"

他那七十岁的老父亲会在早上出门,说好了回来吃午饭。但他回来时往往是第二天清晨,还会大讲一番他撞见了这个或者那个朋友,在聚会上完全忘了时间之类的事。

"我就会说,'但至少你能给我们打个电话让我们不那么担心吧?'"纳尔逊说道。

在小岛的另一侧,英雄港正一团纷乱地为节庆做着准备。狭窄的鹅卵石街道被封路了。路上贴满了互相矛盾的绕路标记。到处都是卡车倒车时的嘟嘟声和锤这锤那的砰砰声。穿着安全背心的人们像一群群荧光蚂蚁那样爬上杆子。

最终,开幕之夜到来。主干道上17、18世纪的高雅建筑之间挂满了一道道由灯带组成的拱门。每道拱门上还挂着被点亮了的彩色啤酒杯。（好吧，其实是英雄港的纹章。我近视。）红毯横着铺在各条街道上，凸显了由黑色玄武岩和白色石灰岩拼成的独特葡萄牙风格图案。专为节庆准备的五彩且精致的被子从阳台和二层的窗台上垂下，它们中不少都已经历好几代人的传承。

人群挤在街道两旁，厚达十层。

我很幸运地收到邀请，得以去英雄港最负盛名的大道上的一所住宅里参加聚会。我不仅得到了惹人羡慕的阳台视野，还透过传家宝挂毯、艺术品、深色实木古董家具和书墙窥探到了他人的生活。宾客们都是教授、医生及那些已相识数个世纪的家族的成员。这种感觉就像是得到了音乐会上的好座位但实际上你更想去舞台附近跳舞。

每年都会有一个漂亮的女孩被选为节日女王。邀请我的女主人安娜·芭芭拉在她十七岁时就当选过，如今她四十多岁，仍是一个美人。那时的她没有穿惯常的华丽舞会裙，而是被打扮成了阿美莉王后的模样，头发向后梳起，配以素净的礼服和淡雅的妆容。

阿美莉王后是葡萄牙的末代王后。她唱歌、绘画，还为了照料年事渐高的丈夫卡洛斯国王（King Carlos）而上了医学院。她和她的儿子——葡萄牙的末代国王曼努埃尔（Manuel）在一场刺杀中幸存了下来，但她的丈夫和另一个儿子路易斯·费利佩王子（Prince Luis Felipe）都丧生于这场不幸事件。

安娜·芭芭拉记得人们在看到她后就落泪了——不是为节日女王的名头，而是为象征着坚韧不拔精神的阿美莉王后。

我之所以知道王后的名字是因为一种点心。在英雄港的老城区有一家名叫"烤炉"（O Forno）的烘焙店。这家店最著名的产品就是阿美莉蛋糕（*Bolos D. Amélias*），取自王后之名，已成为特塞拉岛的特色。这种蛋糕的由来被印在了其精致的白色外盒上，还附有英文翻译：

> 起初这里有一片富饶的土地。人们来到这里耕作谷物。后来，他们从东印度和西印度带来具有异国风味和古怪香气的珍贵香料。他们用典型的葡萄牙式风格和具有魔力与智慧的双手将材料混合。他们制作出了崭新的美味食谱。
>
> 葡萄牙的末代王后阿美莉王后首次上岛访问时，当地居民为她制作了这种蛋糕，并以她命名。

这种蛋糕小而圆，呈深色，甜中带有一股辛辣，口感十分柔软——相当接近于布丁——表面洒满了厚厚一层糖霜。我实在是吃了不少。

安娜·芭芭拉走向我，带我走进室内。

"有一个人你得见见，"她说，"他在加利福尼亚很有影响力。"

那人在我们走近时转过身来，然后他和我同时说道："你！我知道你！"

他不是故意摆阔——他可是曼努埃尔·维埃拉（Manuel Vieira），"红薯之王"。

在维埃拉"掌权"期间，红薯从人们仅在感恩节购买的食材摇身一变，转型成了红薯条、红薯片和红薯润肤露，接下来无疑还将被用于为喷射背包提供动力或是消除眼袋。中央谷地生产了全加州90%的红薯。作为一名记者，我常常与曼努埃尔打交道。

在第一次见面时，我问他到底是谁给他冠上了"红薯之王"的名声。

"我自己！"他激情昂扬地说道，"我还花钱找人写了本书！"

在加利福尼亚的一场牲口拍卖会上，我遇到了一群坐在桌边用葡萄牙语唱歌的孩子。他们是一支来自曼努埃尔的故乡皮库岛的行进乐队。他支付了他们前来加利福尼亚表演的路费，后来还决定送他们去迪士尼乐园，再在圣弗朗西斯科玩一天。如今，他也在邀请加利福尼亚的小镇乐团去亚速尔表演一事上出了钱，旱灾当头，很多农民家庭都买不起全价的机票。

我们来到阳台上观看舞蹈团和花车游行，他们表演并展现着海浪的曲线和漩涡、幻想中的海龙及航船的形象。利文斯顿乐团渐渐走近了。他们穿着饰有金色扣子的酒红色夹克、白色裤子，戴着镶金边的帽子，光彩照人。《欢乐音乐妙无穷》(The Music Man)中的服装也不及他们的精致。

曼努埃尔满脸笑容，欢快地拍着我的背。

"戴安娜，我感觉自己要流泪了，"正说着，一滴硕大的泪珠就从他的脸上滑下，他的笑容仍在，"来吧，我们下楼去。"

我们跑下楼梯，打开门，跟着行进乐团的步伐挤到人群中。开始和表演者们一起大踏步前进后，一切都不知怎么地安静了下来。我们从鼓手中穿行而过，向长笛手、单簧管乐手和大号乐手点头致歉，直到曼努埃尔后跳一步来到他吹小号的孙子身边,大喊着:"来,来,拍张照!"我们一直没能赶上他那个吹长号的孙子,直到队伍来到城市广场,游行到此结束。

一辆花车停了下来,以便三位穿着闪亮礼服的年轻女士走下车去。她们佩戴的饰带宣告着她们的身份:加利福尼亚加斯廷小姐、加拿大小姐和美东小姐。美东小姐从摇摇晃晃的滚动梯子上走下来时,一名女士对着她大喊了起来:"大家都在看着你!大家都在看着你!"我以为她指的是周围的人群,直到看到另一名女士举着一台平板电脑。那个年轻女孩的祖母和阿姨婶婶们都挤在罗得岛州东普罗维登斯(East Providence)的一张沙发上。

"她们在说'我们爱你!'"那名女士大喊着敲着屏幕。

加斯廷小姐走下台阶时,一名男士大喊道:"加州万岁!"所有人都跟上了节奏:"加州万岁!加州万岁!"

我询问身边的人是否有熟人在加利福尼亚,这后来成了我整个夏天的惯例问题。

"有两个阿姨在乔奇拉(Chowchilla)。"

"我哥哥住在加斯廷。"

"我就在汉福德(Hanford)的奶牛场工作。活儿实在太多了。"

最开始喊"加州万岁"的那人是个波士顿的房产中介，名叫维克多·桑托斯。"到这星期一，我离开这地方就足足四十六年了，"他说道，"不过我从没忘记这里。"

一年前，他的大女儿当选了美东小姐，她能成为亚速尔移民的代表让他很自豪。不过今晚站在他身边的是他的小女儿，二十一岁的切尔茜。她还将更进一步——搬来亚速尔定居。她认为自己可以在朋友的美容店里找到一份工作。

"太远啦！"她父亲感叹道。

切尔茜说，在美国的生活太复杂了，总是要在美国和亚速尔的身份之间不断切换。她说到了岛上她就可以做自己。一切就像回到了家里一样，她说。

家——这对我来说是个脆弱的概念。这是指我们所来自的地方？还是指我们所在的地方？

广场上的那栋新古典主义建筑就是市政厅，在那里有一场为利文斯顿乐团准备的欢迎会。室内，红毯在大理石台阶上徐徐铺开。英雄港市市长带领我参观了这栋建筑，我注意到他特意走到了没有红毯的那一侧。

"我发现红毯可能很滑——还是这里安全点。"他说道，我把这当作人生建议记了下来。

"红薯之王"加入了我们。

"我就是平静不下来：三十二年前我们成立了一支小乐队，而今晚我们出现在了这里。"他说道，再一次试图止住泪水，再一次没能成功。

"人们会谈论这件事很长一段时间的。"市长说道。

我漫步到了室外。透过人群，我注意到了今年的"节日王室家族"正在拍照留念。我感觉那个扮演节日国王的少年有点眼熟。我没法走得更近些，因为广场上满是人们在狂欢。我仔细看了很长一段时间。但我仍看不出他是谁。

参照点

到特塞拉以后,我最先联系的人(除了谢夫,他来机场接我和墨菲,不仅迟到了而且还抽着烟,我由此知道了至少有些事情没有发生变化)是路易斯,他是我出发前在加利福尼亚认识的。我去好莱坞日落大道上的好彩道(Lucky Strike Lanes)听了一场演唱会,路易斯是演奏者之一。他是来给女儿玛丽亚的摇滚乐撑场面的,但正是有了路易斯,观众们才有幸听到洛杉矶最出色的吉他乐手的演奏。他是世界级的,在这个圈子里很出名。

乐队其他成员休息时,路易斯弹了一曲独奏。穿着葡萄牙式喇叭袖白衬衫的他独自坐在舞台上的高凳上。他举起面前的吉他,弓起身子,围起了吉他和身体之间的那片空间。

他弹了一段效仿传统亚速尔歌曲节奏的旋律,渐渐引得众人都跟着他一起跃动、敲击、前后摇摆。

观众们都很年轻,大部分人来自洛杉矶附近重建起来的"小亚速尔"阿蒂西亚。他们都疯了。我旁边的那个人说自己是一名录音乐师,他拍着自己的大腿。

"女士们先生们,这,就是所谓天才。"他对着空气说道。

我早先时候给路易斯发了邮件,想约他见面。音乐会后,满头大汗、气喘吁吁的他试图挤开人群来吧台见我。他不断地被一群群仰慕者拦住。他六十岁了,看起来要更年轻一些,尽管他年轻时的摇滚岁月少不了后半夜的演唱会和波士顿的无度生活。他的眼睛是深色的,在眼角处下垂,给他的面容增添了一丝忧郁的气质。直到酒保开始清洗玻璃杯,观众也渐渐散去后,我们才互相说上话。

他的亚速尔移民故事是逆向的:他住在亚速尔,来美国探访家人。二十九岁的他以移民的身份在波士顿生活时,他感觉自己并不完整。他需要压制住亚速尔部分的自己,也就是那个会本能地亲吻对方面颊的自己——无论面对的是男是女。还有那个乐于拥抱他人也能轻易哭出来的自己。他并没有大声发表自己有关美国的不平等现象的观念,因为在他所生活的工人阶级社区里,人们会直接让他滚回老家。尽管他十五岁就来了。

他试着融入一个告诉他十八岁后就不该继续和母亲还有兄弟一起生活的世界,一个让他别把车停在路中间和邻居聊天的世界。爱情也是如此——他不该忘乎所以地把所有心里话都说出来,不然他的爱慕对象就会觉得他疯了。这样的事不断发生。

他一直渴望进军音乐界。三十岁之前,他所属的乐队是波士顿的大热门。他的弟弟努诺正是跟他学的吉他,通过20世纪90年代的极端(Extreme)乐队出了名。

但路易斯并不觉得自己拥有了稳定感。

"我十分擅长在不同的世界观、不同的处事方式之间摇摆切换,最后我都不知道,在我的内心中哪一种才是真正属于我的了。"他回忆道。

他认为自己需要休个短假。他搞到了一张从波士顿到圣米格尔岛的廉价机票。原计划是在这三天里晒日光浴、拜访老友,有可能的话再安排一场乐队巡演。

他原本并没有计划前往儿时生活的特塞拉岛。但在机场,该返回美国时,他躲开了自己的航班。他任由他们不断播报他的名字,他也不明白为什么。他买了一张前往特塞拉岛的机票——三十分钟的行程。他去了他儿时住的那栋房子。他问住在里面的那些人能否让他进去看看。

从二层的窗户里,他看到一个较年长的妇人步行去做弥撒。她是他家族的老朋友。她走得很慢,没走几步就要停下来喘口气。她站着不动时会环顾四周,扫视每栋房屋,望一眼大海。她会对着微风仰起面孔。每次她停下来时,他都能记起家人和朋友们聚在厨房里吵吵闹闹的声音、去海里游泳的时光,以及拥有自我的感觉。

"此前我没有一个参照点,没有什么能保持稳定不变,"他告诉我,"我认定她就是那个参照点。我要搬回去,每天都看着她步行去做弥撒,因为那才是真实的。"

他并不信教——路易斯甚至喜欢吓别人,说他憎恶上帝。不过,在几十年里,他每天都看着这个妇人步行去做弥撒,直到她去世。如今他每天下午仍会停下来想象她的那段步行。他说,这是他的那个稳定点。

在特塞拉岛上,路易斯和他将要介绍给我的朋友在普拉亚的一间小咖啡馆里等我。那人为亚速尔政府工作,正在与他国协商将美军弃用的部分拉日什空军基地出租给对方。

这个美军基地自第二次世界大战以来就成了特塞拉文化的一部分。我最喜欢的介绍其重要性的文字来自一份当地酒店免费分发的旅行指南,这段简介翻译得尤其有创造性:

> 这个基地给特塞拉岛带来了一点"美式生活方式"。对很大一部分居民来说,它让他们有机会进入美式俱乐部和军队餐厅(mess①),还提供了交合及购买许多会在其他市场上以极不合理价格出现的货物的机会。
> ——《特塞拉岛之书》(*Book of Terceira Island*)

拉日什空军基地中的美国人已大部撤离,带走了他们的麻烦、交合及供购买的货物,摧毁了特塞拉岛的经济。那些将房屋出租给军人家庭、经营基地附近餐馆和供货的人们在欧洲债务危机最严重的时期失去了收入,这场危机正是从美国的次贷危机蔓延而来的。

事实上,美国军队并没有带走麻烦。亚速尔的地区政府正向美国施压,让他们为这座延续七十年的军事基地支付环境清理费用。美国并不愿意。

我想问需要清理什么。

我第一次来这里时听说了会有车队进入这座岛的深处。葡萄牙工人会被告知在卡车上等着。美国的军人们则

---

① 该词又有混乱、麻烦之意。——译者注

会从卡车上带走些什么,后来返回时又都两手空空。

"他们是在特塞拉岛上埋了炸弹吗?还是说这些都是酒吧里的玩笑话?"我问路易斯的朋友,"有文件吗?"

"我不知道。我并不觉得意外。这就是他们处理旧武器的方式。"他说,"我以为你是对做核试验的地方感兴趣。"

他说基地上有一座小丘,五十年来那里什么也没长出来——"我是说,什么也没有。"没有一根草。老照片中这里就和岛上其他地方一样郁郁葱葱。

我打了个冷战。我知道这听起来很老套。但我的内心确实感受到了一阵战栗。

离开这里时,我注意到这间人来人往的咖啡馆里挂着一张照片。我抓住路易斯的手臂。

"那是*什么*?为什么他们要挂一张萨拉查的照片?"我用超过正常对话的音量问道。我想要店主听到我的质疑,为什么要挂一张法西斯独裁者的照片在墙上。

路易斯皱起了眉头。"呃,人嘛,很正常,"他说,"日子不好过。他们总在亏钱。他们说挂萨拉查的照片对生意有好处。"

回家的路上,我绕路来到消防站。谢夫正在那里,这变得很平常。这场危机一笔勾销了许多社会工作,因而急救人员的工作量大大增加，谢夫的轮班次数翻了倍。向消防队员呼救有可能是摔下床的老年人唯一的选择。

我和他讲了萨拉查照片的事。

他的下巴绷得很紧，我从未见过他这副模样，就好像他整张脸是石头刻出来的。

"这个世界上正有一些黑暗的东西脱离了束缚。"他说道。

就连这里，我想，就连这座美丽的小岛。

谢夫曾每天都去海里游泳或是和朋友一起玩音乐。如今他一直在工作。他能有什么选择？他拿到了学位。但他还没有准备好做办公室工作。

"我需要去潜水，"他说，"离开水的时间太久我就会变得很暴躁。"

我的脑海中闪现了据说是甘地说的一句话，穆迪一直将这句话贴在他摄影师工位的小隔间里："你所做的几乎每一件事都会变得无关紧要，但你必须那么做……我们不是为了改变这个世界才做这些事，而是为了让这个世界不改变我们。"

我才开始意识到这个任务有多艰巨。

吃了面包的狗

初夏的一个早上,在邻居能勉强容忍的时间到来之前,墨菲放飞了自我。它使出了一种让我极其心烦的招数:我一叫它的名字它就停下来,一只脚巧妙地弯在半空中,给我一个眼神接触,让我知道它考虑了一秒我的恳求,随后又毫无顾虑地欢快地向前跑去。

墨菲难免也有好的一面。

由此你应该可以立刻明白,我叫它过来的时候它并不总会过来,它会追着奶牛和猫跑,(虽然一旦那只可怜的猫被烦透了停下脚步,墨菲就会摆出惊呆了的样子坐下来,展露出友好而好奇的神态。)而且它什么都吃。

和墨菲一起生活就像是和一只四处打劫的棕熊同住。在它学会开两种不同的面包盒子之后,我思考了一秒是否要买一个约塞米蒂①里防熊开箱的熊罐头,只不过我的柜子里放不下。

在严厉批评它之前,先得考虑到墨菲的基因是存在缺陷的。英国、瑞典和美国的一群科学家研究了拉布拉多的暴饮暴食行为,发现不少墨菲的同类的POMC(前脑啡黑细胞促素皮促素)受到了扰乱,而这正是用来调节食欲的。"拉布拉多不仅是各类犬中最容易超重的,而且还以迷恋食物出名。"研究团队负责人埃莉诺·拉芬于2016年对记者说道,"部分'迷吃程度'尤其严重的狗会吃下任何其他生物都不愿意入口的东西。"

直到那天前,"墨菲吃了什么"列表中最可怕的条目包括一整个十五人份的三王蛋糕(rosca de reis)以及其中的小耶稣塑像——根据墨西哥人的传统,这就意味着墨菲得到了祝福,该举办一场墨西哥粽子(tamale)盛宴(它是怎么把蛋糕从冰箱*顶上*搞下来的至今仍是个谜)——此外还吞下过两张天然亚麻布制的餐巾(被接触过食物的手擦过),以及一整颗生洋葱。

全英国最胖的宠物,一只一百七十六磅重、名叫阿尔

---

① 指约塞米蒂(Yosemite)国家公园,位于美国加利福尼亚州。——编者注

菲的拉布拉多出现在了《纽约时报》关于拉布拉多暴食问题研究的报道里，一位官员将这只狗描述为"四个角上各有一条腿的硕大的一团"。

墨菲至少不胖（目前看来），不过这也导致它精力无限，永远都在冲来冲去搜寻食物。

我一路跟着它爬上陡直的加拿大大道，奶牛们每天早上都会途经这条路。我希望它们已经在绿意盎然的亚速尔山坡上啃草了，以免墨菲搞得自己被当头踢一脚。

我短暂地思考了一下人类与美景的关系。

在弗雷斯诺，我常常开车经过黑石大道（Blackstone Avenue），它那灰色的沥青和雾气沉沉的天空是一个色。路两边吵吵闹闹地排着一连串门店，提供的服务或是出售的货物包括排烟检查、爬行动物、换油、情趣玩具、华夫饼、中式自助餐，以及午夜玉米饼。

我是一名记者，因此这片景色里散布着不少小故事："哦，就是在那个角落，警察发射的子弹太多，第二天物证标牌都不够用了，他们没击中目标人物，只击中了那人的女朋友。"街对面的轮胎店的故事则是一名妓女愤怒地指控我抢占了她的领地，而我当时正在就另一场枪击案做采访。（"我穿着卡其色裙子和磨坏了的平跟鞋，"我一脸疲惫地和她说，"这显然意味着我是个记者，不是妓女。")

我不止一次地想象过，是不是光开车经过黑石大道就会让我的灵魂被吞噬。这么一来，是不是在一条能看到大片海面的路上步行就能振奋精神？

路面很陡，我立刻看向被一道道火山石墙分割的青草地和更远处的大海。浅蓝色的天空，浅灰色的云。地平线上一道道云模糊了天与海相接的地方。

我对美景之益处的畅想被眼前的一幕打断了：墨菲直直地朝着一个塑料袋跑去。

是派送面包的人早上放在家门前的那种塑料袋。

我飞快地环视了一遍整条街，袋子都还在门上，这让我松了一口气。直到我突然发现，这些袋子的底部都空了，新鲜出炉的葡式脆皮面包卷（*paposeco*）都不见了。墨菲吃掉了我所有邻居的早餐。

我的心跳开始加速，焦虑从我的大脑一直蔓延到了脚趾尖。要理解我的恐慌，你得先意识到葡萄牙人对现烤面包的虔诚。这是一种信仰，就和教堂、足球一个地位。

一天，我问我的邻居要怎样才能订上每日配送的面包。他是一个友善又有些严肃的教授。他告诉我只需要对着面包车招手就能跟他们下订单。第二天早上，我看到那位教授举着伞站在下着雨的马路中央。

"对不起,戴安娜,我能和你说句话吗?"他问道,"我在等着和送面包的人说话,因为他可能——原谅我——听不懂你说的葡萄牙语。"

我很高兴在教授看来我还能说上两句葡萄牙语,虽然没有人听得懂。

"不过也许你不想要这家面包配送?"他问道,"这家面包店每天早上七点半配送。可能你想要晚一点起?还有一家是八点半配送的,但他们周日不送。这家周日也配送,不过不是在七点半,而是十点半。"

我确实想要晚一点起。但当你的邻居为了你站在雨中等待时,最好的选择当然是一号面包店。

这个故事的主旨是,在一个三百个居民支持着两家相互竞争的面包配送店的村子里,在一个人们不想要等到八点半再吃七点半配送的面包的地方,我的狗吃掉了所有人最爱的碳水早餐。

面包事件的前一晚,我参加了亚速尔作家若埃尔·内图的新书发布会。我们交换了联系方式,以便相约出来讨论亚速尔身份认同和作家的神经质。不过现在我给若埃尔打电话的唯一原因是:他有一只 *cão*(狗)。

"哦,这很麻烦,"若埃尔听我解释完后说道,"*pão*(面包)在亚速尔是非常重要的。"

好在不是个流血事件。若埃尔告诉我,他们的狗麦尔维尔有一次吃掉了邻居养的两只鸡。

"那太可怕了。它们都是很好的鸡。我的邻居们很喜欢他们的鸡。"他说,"那只鸡还有个脸书账号。"

若埃尔赔了邻居四只新的鸡。他建议我采取类似的方案。他让我立刻去一家好点的面包店买面包补偿,再买点小饼干赔礼。他用短信给我发了一段葡萄牙语,以便我抄下来用于道歉。

我送完六袋面包、饼干和大意是"对不起,我的狗吃了你们的面包"的便条时,似乎没有惊动多少人。(或者说他们已经饿着肚子出门了。)谁能想到便条上的话出自一个著作被摆在全葡萄牙各地书店橱窗里的人呢。

比暴食狗更麻烦的是我的破烂车。我在加利福尼亚的时候没看一眼实物就买下了它。我知道亚速尔人的做法,就是多照料圈子里的人。这和在弗雷斯诺是一样的,如果我需要新的轮胎或手机或保险,我就会打电话给阿尔门和欧迪的儿子帕特里克。他总是"有个朋友"——另一个亚美尼亚人。我没有自己的族群,但总是依靠其他有自己族群的人。

我在加利福尼亚的亚速尔教授朋友埃尔马诺替我发了一封电子邮件,一个娶了埃尔马诺的堂亲的妻子的姐姐的人说他有一辆车可卖,出价一千五百欧元。

成交。

那个娶了埃尔马诺的堂亲的妻子的姐姐的人把车开了过来,我载他回家。他往车里扔了一瓶红酒和一大棵从自家院子里摘的白菜。他说,等埃尔马诺夏天来度假的时候再搞定文书工作和付款就行。

以亚速尔的标准来看,这辆车可谓巨大——一辆老式的自动挡美国本田,几乎是欧洲有轨电车的两倍宽,就和岛上的大多数道路差不多宽。

它是紫色的。有些人持有不同意见。埃尔马诺刚到时认为它看起来是黑色的。不少人觉得是蓝色的。但我认定就是紫色的。它的颜色主要取决于阳光是怎样照在车身金属漆上的。我给这辆车取名巴尼(Barney),源自儿童节目里的那头恐龙:大只、紫色、惹人厌。

我开车回家的路上下起了雨,这很常见,但在目睹加利福尼亚陷入旱灾后,我很难对此习以为常。前挡风玻璃有点漏水,他们曾提醒过埃尔马诺这一点。然而很快,雨水就畅快地从车顶漏了下来,就好像拉斯维加斯雨林里的人造雨一样。雨水顺着我的脸往下流。雨刷打不开。有一个车灯不亮。引擎还在发出不祥的"嗡嗡嗡——隆隆"声。是完全错误的隆隆声。

不过,我还是高兴极了。看看我:不再仅仅是个游客了。我有车了。

我来到之前住的村子里,在消防站停下来给谢夫展示我的新车。

他意味深长地看了一眼巴尼,后退了一步,点点头。

"我明白了,"他说,"你买了一辆一辈子都能跟着你的车。因为不会有别人想买它的。"

他看起来比之前更疲惫了。经济大衰退的背景下公职人员越来越少。我们能够在消防站悠闲一下午的时光已经过去了。

在巴尼愿意启动的日子里,我会和墨菲说"装车",然后我们一路开下小丘,穿过塞雷塔的月桂林,经过一个可以俯瞰玉米地和大海的宽阔弯道,经过那些有着四百年历史的小村——其中的房屋都有着红色的屋顶,村中心总有一座教堂、一家咖啡馆和一间酒吧。墨菲热衷于指挥我驾驶，总是把鼻子放在我的耳朵边，一转弯就喷喷鼻子，直到我们抵达比什科伊图什的池子边。

无论是灵活苗条的青少年还是肥胖富态的祖父母，人们都像岩石上的海豹一样挤在水泥台子上晒日光浴。我绕过人群，来到一个单独的小海湾让墨菲游泳，这样就可以不打扰他人，只骚扰那些因为它靠近它们的巢而俯冲向它的海鸥。

墨菲游完泳后，我会坐在"深渊"小吃店的亮橙色塑料桌子旁，像葡萄牙人所说的那样，"服用一杯咖啡"，与此同时，墨菲会趴在我脚边的鹅卵石露台上打个盹。

一天，一个年轻人过来拍了拍它。墨菲迷迷糊糊地扭到了他脚边。（如前文所述，镇定地表达友好正是它好的一面之一。）

"它是只拉布拉多寻回犬？"那人用英语问道，"它叫什么？"

我回答，墨菲。

"拉布拉多犬墨菲？！"他惊呼道，"天啊，这是那只吃了 *pão* 的 *cão*！"

穆迪

我正坐在墨菲游泳的熔岩池上方,我经常坐在这里,惊叹于海水多变的色彩。有时深蓝,有时薰衣草紫,有时浅绿色还满是泡沫。就连那些岩石也会受潮水影响,从海藻绿变成浅灰色再变成亮黑色。

唯一不变的是墨菲尖尖的叫声,还有它绕着圈游泳、打水花,以及把头探入水中的模样。它是只怪狗。我特意坐在通往水池的步道顶端这个战略要地上,为的就是一旦它离开水池跑向停车场的垃圾桶我就能及时抓住它。

我的电话响了。是杰克·穆迪打来的。

他的电话很合时宜,因为我总是在凝视大海时想家。我能感受到家就在海水的另一边。当然,是海水另一边再加上大约三千英里的陆地。我正注视着大西洋。加利福尼亚面朝另一片大洋。

我预想着应该只是简单聊两句,因为穆迪不喜欢在电话里聊天。就是这类特质让我觉得他有些古怪。相反,他有时候也会说我太过活泼和有活力,我感受到了深深的冒犯。

此处我遗漏了一个背景故事。很抱歉在叙述过程中我雪藏了这个故事。但我们从不提起它,即使是在我俩之间。它在现实生活中也被雪藏了。这发生在我发现穆迪是个水壶里长黑霉的人之后,那时我正在为另一个人伤心。我们可以称之为"长篇大论"。

长篇大论

有一些事是命中注定的。但这件事并非其中之一。我坚定地认为,如果我们去了往常的那家店享用墨西哥鱼卷和啤酒,那就什么也不会发生。但这次轮到我买单,一份自由职业的收入让我有些膨胀,因此我和穆迪说:"我们去那家意大利餐厅吃土豆丸子,再点个好点的红酒吧。"

这家店很贵,但"多嘴路易"(Louie the lip)是这里的老板。你总要时不时光顾家附近这间由

"多嘴路易"开的店,他也总会给你讲和这个绰号有关的各种故事。

当时的我还不知道,穆迪正是在那天决定了提前退休。年轻时的他作为一名旅行家,梦想是成为环游世界的摄影师。但是他在结婚并有了两个孩子后稳定了下来,去了一家中等规模的报社任专职摄影师。这份工作让他在大多数日子里都能准时回家,承担起父亲的主要职责。这段婚姻在我遇见他之前就结束了。(虽然在我们这个八卦满天飞的社区里,我已经听说了一切有关他妻子和太极老师的故事。)我看着他的两个孩子在同一条街上长大。他们在前一年夏天搬了出去开始独立生活。穆迪打算卖掉房子,去钓鱼,说真的,钓个几个月,也有可能是几年,穆迪说道。他下定决心再也不为社区演出或是体育赛事拍摄照片。

吃完饭后我们一起回到我家醒酒,一股浸泡在酒精中的忧郁侵袭了我。这个社区中的一切都在发生变化,有人搬离,有人去世。我甚至为街角那棵被新邻居砍倒的树感到难过。现在穆迪也

穆 迪

要走了。我把头靠在他的肩膀上。我们之间并不存在情愫,尽管那些对他感兴趣的女人都对我很不满。这本该没什么大不了的。但从我们接触的那一毫秒开始,我们就定在了那里,像正在瞄准的狗一样,一动不动,但高度警觉。

我们开始接吻,不停地接吻,像两个过了年纪的青少年一样在沙发上亲热。我知道我们俩中总有一个人随时会叫停这场胡闹。

穆迪突然抽出身来,我想着要结束这一切。

"我们是不是该换去卧室?"他问道,"墨菲一直在舔我另一边的耳朵。"

我们缓缓地穿过客厅,每走一步,我都默念着:这是个错误,转过身去。这是个错误,转过身去。但我没有照做。

你应该知道那种电影,两人意外发生了关系,醒来意识到自己做了什么后满脸震惊和恐惧。镜头停在他们睁得大大的眼睛上,就好像他们突然发现自己在睡梦中杀了人一样。我一度认为那很可笑。

那是真的。第二天早上,我感受到了一阵惊

慌，其中还包括失去自己随叫随到的墨菲看护人后的不知所措。使唤你的柏拉图式朋友总是更容易些。穆迪看着我，就像是我刚刚把他最爱的苍蝇钓饵都扔了。

我们在数周里都避免和对方见面。这在一个所有人都去相同的地方做所有事的小社区内可不是件容易的事：市场、酒吧、寿司店、干洗店、自行车修理店。

但接着我开始思考（这永远都是麻烦将至的预兆），思考穆迪会让我把未完成的小说读给他听，他会修理我的大门，我们会一起打乒乓球，以及，我在想，找一个本就是我生活中一部分的人，会不会比和一个潇洒地忙于自己的冒险故事甚至没时间给我打电话的人在一起要好。

我渐渐被说服了。这不就是经典的浪漫小说的情节吗：对的那个人原来一直在我眼前！只是我从未意识到！

我像个眼泪汪汪的天真少女一样来到他家，全然忘了天真少女和我毫无关系。

"你记得那晚我把头靠在你肩上吧？"他一

打开门我就开口了,"那种感觉很好。"

他点点头表示同意。

"人生如此短暂,每一刻都很重要,人不应该为了缺席的人而难过,尤其是对方总是不接电话时,所以我认为我们应该交往。"我说道。

他的脸变得煞白。

"我以为你是要来一段'那种感觉很好,但是'。"他结结巴巴地说道。

他想知道我们要如何从一直以来的相处方式中直接跳跃到并不属于我们的关系中。他也不想要开启一种他只是在等着结束的关系。而且他真的很喜欢独自生活。(注:我确实说了我认为我们应该交往。但我绝不是在暗示搬到一起住。)

他告诉我,他和他兄弟讲了发生的事,他兄弟说这挺好的,因为他兄弟一直觉得我很有魅力。有人会这么想似乎让他感到很困惑。

这个提议不好,他说道。他只是不像我一样能长篇大论。

长篇大论。

我提出想同他交往,他说我是在长篇大论。

这就是为什么如今的我变得沉默寡言,即使是在亚速尔岛上坐着听他打来电话,说他不愿意让我们之间的一切就此溜走时。

在我出发前的那个月,我们一起带墨菲去公园玩球、一起做晚饭,时不时一起过夜已成为一种日常。自从他不再工作以来,他就变得没那么阴郁了。他会和墨菲一起打闹,还会在大学电台播放他喜欢的伤心情歌时和我一起在厨房跳舞。我们预订了食材配送服务,一起用选配好的材料做了北非蛋、埃塞俄比亚辣鸡腿等。这么做主要是基于实用性,尤其是对他来说,因为他已经把自己的厨房收拾打包好了。这比我预想的要有意思,因为不同的料理会让穆迪谈论起自己不同的旅行。这人正渐渐变得健谈起来。

但我以为这种舒适的相处模式源于他要搬到北方,我要出发去大西洋中央。我们将就此前往不同的方向,不过是在告别的时刻从对方身上寻找慰藉。

我完全没有想到这不止如此。

首先,我不贪求更多。我感觉我受够了。绝不是那种"我再也不会爱上一个人了"。只是我爱过了那个"远距离帅哥",在几乎每一个回忆中我们都在大笑。玛丽说得没错:爱真的存在,它威力强大,惹人发笑。在这之前我一直在寻找爱，害怕自己永远都得不到这种体验。如今我享受过了。我觉得这应该就像是一个棒球运动员在结束了一个完美的赛季后引退，为自己漫长的职业生涯画上圆满的句号。最好就此打住。虽然显然，我并没有做好退入女修院的准备。

此外，我曾以为穆迪和我之间可能会有点什么，而在此之前发生的事情我记得非常清楚。

"但你根本从来就没喜欢过我。"现在我这么和他说。

"你在说些什么呢？我一直都喜欢你。我觉得你很怪，但我喜欢你。"他说，"我只是完全没被你吸引。"

我说，故意加重的"完全"两字没什么必要。他说他现在不是这么觉得的。

他说，他没有意识到他让自己陷入了多么痛苦的境地。他觉得他终于做回了真正的自己，他想拥有快乐，而他的快乐和我以及我的乐观主义有很大关系。（我感觉这听起来很接近他之前抱怨我的过于活泼。）

"一个人可能需要很长时间才能放下过去的事，"他说，"我失败了，在一件很重要的事上。"

我突然意识到，这么多年来，我一直觉得杰克很阴郁，但他经历的其实是内心的崩溃，不够善良的我没能看清这一点。

不过,我并没有被这段突然的告白说服。

"我觉得很奇怪的是,在我就在那里的时候这些都没有发生。我总是遇到这样的事:我总是远远地……被爱着。"

"我会去那里的,"他说,"随时都行。"

"你想要什么?"我警惕地问道。

穆迪笑了。

"我不确定,"他说,"但一切都有可能。过去我的爱并没有始终如一,对朋友也是如此。你完全有理由这么问。但我想告诉你,我希望这段关系能够持久。我愿意尝试。过去十五年里我从未对任何人说过这样的话。"

我的眼中涌出泪水,我不知道为什么。据我所知,在这之前我并不思念杰克·穆迪。

"那之前的事呢?"我问道,"你说我在长篇大论。"

"呃……"穆迪的声音越来越轻,表明他确实不觉得我有多沉默寡言,"不过那可能是我人生中最惊慌的时刻。我需要思考。"

(很多年。)

"不用现在就回答,"他说,"思考一下。"他说他随时可以过来,在他每年一度与朋友们的夏季钓鱼之旅和与兄弟的深秋猎野鸡之旅之间的时间里。我实在是太讨厌他每年都要穿迷彩服还试图逼我吃野味了。

"我知道你在想你绝不能和一个会去打猎的人交往,"他说,"好了马库姆,我向你保证我的打猎技术很差。这不过是为了兄弟情义。那些鸟是安全的。"

失落的夏日之恋

在亚速尔漫长的人口流动史上,有人定居下来也有人移民而去,有人暂居于此也有人突然离开,其中最常见的缘由就是爱。(虽说我认为这一条适用于世界各地。)

谢夫和我说,有一家人每一代都换一个国家生活。曾祖母嫁给了一个亚速尔裔美国人,搬到了加利福尼亚住。他们会带女儿回亚速尔度假,她爱上了一个亚速尔人并且留了下来。她的儿子娶了一个同样是在全家人夏季度假时遇到的亚速尔裔加拿大人,移民去了多伦多。如今这对夫妇的女儿将嫁给一个来自加利福尼亚的亚速尔人,他们将一起到特塞拉岛上做生意。

与吉他手路易斯共进午餐时,我开始以众包的形式收集爱情故事。

"别想了,"他告诉我,"夏日之恋不再属于这里了。"

"你在说什么呢?"我问道。

"新的一代不再坠入爱河了。他们根本不知道该怎样开启夏日恋情。"他说道,"不再有告别,只有到时候见。不再有对他人的蠢蠢欲动。一切都是全球化的。同样的发型。同样的音乐。最重要的是,不再有内在的自我。对方身上还有什么可发掘的呢?他们把什么都放到脸书上。"

早些时候,路易斯一边喝汤一边激动地谈着玩音乐的理由,并且思索起了什么是真理,什么是幸福,以及悲伤的存在是有必要的吗(当然有必要,路易斯认为)。

我想问问他我们在喝的是什么汤,但一直没找到机会。

我和他说:"路易斯,我确实觉得你热爱这些无形的东西。"

"唉。不对,你根本没有理解我,"路易斯那沮丧的笑声表明他很不幸地常常会被误解,"而且,不管怎么说,"他把身子往前靠,用手托住下巴,眯起眼睛说道,"说到底,究竟什么是无形?"

他将问题留在半空中。随后他点点头,显然是已经表达了自己的观点。

在加利福尼亚,他告诉我如果被人看到我和他在一起会对我很不利,因为他是这座岛上最惹人讨厌的人。我到了岛上后,他给我介绍了他那遍布岛上各个角落的朋友网。不过,我能理解他有时候会惹恼某些人。

一天,他在人口最多的圣米格尔岛上表演。一桌来自特塞拉岛的人喝得酩酊大醉,正大声地为他喝彩。

"我们爱你,路易斯。我们是你的粉丝。我们也是从特塞拉来的。"

舞台上的路易斯告诉他们,他从来没在特塞拉岛的演奏会上见过他们。从来没有。所以别在圣米格尔岛上假扮粉丝了。

"我真的很讨厌虚伪的人。"他在继续演奏之前说道。

路易斯的疯狂——如果这称得上疯狂的话——是有回报的。他是个艺术家,一个惊人且独特的吉他演奏者。

我提醒他好莱坞那么多亚速尔观众是怎么看待他的音乐的。"好了,路易斯,如果这群孩子已经不再有激情,那他们是拿什么回应你的吉他表演的呢?"

路易斯抽了抽鼻子表示不屑。他说,他认为这就和截肢者有时能感受到已失去的那部分肢体的疼痛一样。这是死气沉沉的内心一时涌现的幻觉般的兴奋。

我被路易斯的"爱情已死"宣言逗乐了,将之当作一个滑稽故事转述给了谢夫。

"不，他是对的，"谢夫说，"所有人都注意到了。已经有三四年了。这里不再有爱情故事。你还记得雅伊梅吗？"

我记得。他是美丽深渊的顶级跳水运动员，他从高处跃下后能像不受重力控制般地旋转、翻滚。即使走在路上，他也会跳上石墙，跳过一段段石墙上的缺口。他年轻，晒得黝黑，壮实且有肌肉。他的梦想是离开这座岛，成为一名享誉全球的跑酷达人。

"这么说吧，卡多佐夫人的孙女去年暑假来这里了，"谢夫说道，"她是个很漂亮的女孩。她看见了雅伊梅。雅伊梅也看见了她。好，人们都做好了八卦一番的准备，比如说看到他们一起走在街上或是在家门口亲吻。可结果是，雅伊梅开始不停地看手机，查看她是不是发来了短信。"

"亚速尔之夜！星空！那女孩就住在同一条街上，而他在看手机！我们这些浪漫主义者只能算是守旧派了。爱，甚至性，都是老古董了。"

我翻了个白眼。"你还觉得报纸至少得登个讣告吗？"我说。

我还是通过芭芭拉的邮件得知大部分新闻的，她会在链接后方附上自己的评论。如今到处都有无线网络，我随时随地都能通过手机看报纸。但我还是喜欢芭芭拉编选的。上述对话后不久,她就发来了一篇有关千禧一代和前几代人相比性生活减少的报道。

有各种理论来解释这一现象,例如,这一代人尤其谨慎,因为他们从小就用自行车头盔这类东西,要么是他们正忙着在经济下行的年代挣钱,抑或他们不知道如何在不受电子设备干扰的情况下与对方相处。"他们还是对宝可梦更感兴趣!"芭芭拉厌恶地写道。

第二天,我看到有十几岁的小孩们在著名的塞雷塔教堂附近追捕手机生成的宝可梦幻影。好在这仅仅流行了一时。

更清醒地来看这个问题的话,会发现岛上那些古早的夏日恋情也并不都是纯粹激情的产物。其中也有务实的一面。在很长一段岁月里,离开亚速尔的机会不多,方式之一就是用结婚换绿卡。我记得罗曼娜和我说过,如果一个女孩有美国护照,那她就足够漂亮,总能引人注目。如果是男孩,那他就有一米八——不管量出来有多高。但是若是混淆爱和动机——或是对动机的怀疑——就会造成萦绕半个世纪的误会。

一天下午,来岛上消夏的埃尔马诺和阿尔贝蒂娜邀请我一起吃午饭,见一见他们的朋友玛丽亚·埃尔维塔。这是她十五年来第一次回亚速尔。很难相信她已经六十七岁了。她皮肤光滑,眼神明亮,衣着也很时尚,穿着一件长长的夏季开衫。她给我们讲述她十七岁时的故事时,我的脑海中立刻浮现了年轻的她坐在父亲家门廊里的模样。

她说她第一次见到她的爱人是在一场街头斗牛活动上。这是特塞拉岛上的传统求偶仪式。随便问一对超过五十岁的夫妇他们是在哪里相遇的,答案很可能就是斗牛活动,不少年轻人也是如此。玛丽亚·埃尔维塔十七岁时,斗牛活动是男孩能和女孩说上话的少数场合之一。但在初次见到他那天,她没有和他说话。他们互相看了看对方。她觉得自己应该低下头,但她没能移开眼睛。

他眨了眨眼。这是公认的"之后我可以和你说话吗?"信号。她点点头。

当晚,他来到她住所外的街上,朝她的窗户扔了石子。她没有去窗边,因为一个年纪大点的女性朋友告诉她,不要在男孩第一次来拜访时就现身。

第二天晚上,他骑着摩托车来了。她走到窗边。她已记不清他们具体聊了什么,只能记起常常把言语深埋心底难以表达的她竟向他坦露了心声。她感觉他的眼睛是绿色的。她能记起绿色的眼睛。但她并不确定,因为她一直站在窗边,和街上的他保持着距离。

他会给她的弟弟一块口香糖,让弟弟坐在走廊上把风,如果她父亲来了就跑来通风报信。她父亲敲定了举家移民去美国的计划,这段崭新的恋情此时仍不稳固。一家人先是坐轮渡到达圣米格尔岛,然后再坐飞机去加利福尼亚。在船上,她看见他从码头朝他们挥手。他一直挥着,直到她看不见他了为止。

她到达圣米格尔岛时,已经有一封信在等着她了。是他在她出发前写的。阿图罗告诉她,他会去加利福尼亚找她的。

到了加利福尼亚的中央谷地后,她们一家先是住在她父亲的姐姐家里。对她来说,姑母看起来是个很成熟的女人,对男人和人生都很有见解。

姑母看了玛丽亚·埃尔维塔收到的信。

"别被骗了,"她告诉她,"每个人都知道你们一家有个资助者。他只是把你看作通往美国的机票。"

这些话让玛丽亚·埃尔维塔满脸震惊。她不觉得自己像别的女孩一样美,而且她还很内向。如今她突然理解了为什么帅气的阿图罗会看中她了。她觉得自己的心都要从耳朵里跳出来了。她冲上楼,匆匆给他写了一封信:"别再给我写信。我知道你只是把我当作你来美国的机票。"

她在加利福尼亚上了高中。她有个好朋友名叫玛丽,也是葡萄牙移民。玛丽自信满满,脸上一直挂着笑容。她喜欢追逐时尚,甚至会穿超短裙。周六晚上,她们就会开着玛丽亚·埃尔维塔父亲的车在特洛克的主干道上兜风。

毕业后,玛丽亚·埃尔维塔去了一家鸡肉处理场工作。一天她下班回到家中,不仅万分疲惫,还感受到了一种莫名的悲伤。此时,一个爱嚼舌根甚至时不时编造点八卦的女人敲响了她的房门。

"一个男人来这里找过你,"她说,"他给你留了言。他说,'告诉玛丽亚·埃尔维塔,我不需要她帮我来加利福尼亚。从来就不是为了这个。'"

在多嘴的邻居面前她努力保持着镇定。

然后她回到屋里,哭了起来。

安东的诗

埃尔马诺和阿尔贝蒂娜的社交日历就和星期天的天主教堂一样满满当当。因此，开车路过时发现他们的车还在车道上让我很惊讶。我拿出一个真正的亚速尔司机的冲劲，掉过头来，去进行我的"喔喔"拜访。自20世纪70年代以来，电话在亚速尔岛上愈发普遍，但去别人家之前先打个电话的习俗并不普遍。

埃尔马诺正在除草，阿尔贝蒂娜在做蔬菜汤。每一张台面和桌子上都摆满了装着农货的篮子和糕点盘，都是亲友们送来的。看起来就好像他们开了一家葡萄牙风味熟食店。埃尔马诺和阿尔贝蒂娜是非常有条理、尽职尽责且心系社区的人，我很喜欢他们的。

阿尔贝蒂娜是幼儿园老师，如今她的班上有着她以前学生的孩子或孙子，还有新一波抵达加利福尼亚中央谷地的移民。一个小女孩到学校时身上又臭又脏，其他孩子都不愿意和她一起玩。阿尔贝蒂娜抱了抱这个孩子，努力遏制住自己的反胃，不让孩子们看到自己满眼的泪水。

她做了自己在遇到一切学生问题时会做的事：给父母打电话让他们来学校，告诉他们她的职责就是帮助家长来助力孩子在学校里有出色的表现。

与家长见面时，她立刻就明白了问题所在。这对年轻的家长深表感恩，他们是山羊养殖户，给她看的照片里一家人都蓬头垢面的，只有山羊们得到了精心照料。阿尔贝蒂娜建议他们每晚在女儿泡澡后给她读读故事——泡个澡放松身心就能帮助孩子多记点词汇。

小女孩的身上变干净了一点点。这对家长在圣诞节送了阿尔贝蒂娜一块山羊奶皂。

"哎呀，你应该早几分钟来的，"阿尔贝蒂娜说道，"埃尔马诺刚和几个人聊完，他们好像有故事可讲。"

埃尔马诺说，他看到马路对面有几个美国人像是迷路了，所以他就走了过去。他们告诉埃尔马诺，他们在找妻子的祖母的房子——或者是祖父的？在一个叫皮库岛还是什么的地方。像我这样爱问问题的人真该在现场，他说道。

开车回家时,我遇到了那三个像美国人的人在等公交。我知道:

1. 短时间内公交应该是不会来的。
2. 他们一定是埃尔马诺说的美国人。

我向科琳、她的丈夫鲍勃、他们的女儿玛丽表示可以载他们回英雄港的酒店,如果他们中的两个不介意和又湿又臭的墨菲挤着坐的话。墨菲在鲍勃和玛丽的腿上伸展开来,掉了一把自己被海水泡湿了的毛。我开车驶上阿尔塔雷什那座天蓝色和白色的教堂后方的路。路两旁的树木弯成一个拱顶,在路中间的上空相接,把整条路变为一段日光斑驳的隧道。

我解释说,我们正穿过这座岛的腹地,处于两座火山之间。在车子攀升途中,科琳告诉我是她的曾祖父安东写的一首诗把他们带到了亚速尔。明天一早他们就出发去皮库岛,安东出生在那里。

她说安东有个绝妙的故事,正在这时,巴尼的水温仪上的指针转向了过热。我松开油门,盼着不惊动乘客们,但是引擎盖上涌出了大团白色蒸汽。我靠边停车。这里正是人们为节庆活动挑选公牛的地方。周末，人们会带上一大家子来这里的畜栏边野餐，小男孩们则会同小牛和奶牛一起玩闹——这对未来要参与街头斗牛的他们来说是个很好的锻炼机会。

我打开引擎盖不出几分钟，就已经有好几辆车停到了路边，有十一个并非机修师的路人看着巴尼的引擎点头。我的父亲是个机修师，他把这种现象称作"欣赏艺术品"。

我打电话给埃尔马诺，他从家庭午宴上抽身出来拯救三个被我困在两座火山之间的美国人。他用他的葡萄牙语帮我给拖车公司打了电话。

人群散去，墨菲和我一起开始等待……更多的等待……影子渐渐拖长。天色暗了下去。我爬进车子后座，把打着呼的墨菲像盖毯一样盖在了我的腿上。

第一辆吊车到来的声音吓了我一大跳。轰隆一声，一团阴影罩在了车身上。我注视着一头装在笼子里的公牛怒吼着被放入畜栏中。没等这辆吊车的货物完全着地，又有两辆赶到了。有时候三四个村庄会在同一个晚上举办街头斗牛。整个夏季将会有约三百场"绳子上的公牛"斗牛活动。我被困在了公牛中心。

特塞拉岛上的牛要多于常住人口，此前每路过一头眼神忧郁的温顺奶牛,墨菲都要吠叫几声。但它似乎觉得公牛的吼叫十分悦耳,继续平静地睡着觉,留我一个人越来越不安地听着这曲怒气大合唱。

埃尔马诺打来电话问我是否已安全到家。我能听到电话里的晚宴正如火如荼地进行着。高明的做法是撒谎说一切都好,请他好好享用晚餐。

我没那么高明。

他来接我和墨菲时拖车也终于出现了,事情总是这样的,无论是在世界的哪个角落。

一个月后,我收到了一封来自科琳的邮件,里面附有安东的诗。他用一百七十一节诗(是的,一百七十一节)讲述了自己的一生。

"1863年,多么不平凡的一年。/4月9日这一天,我降临这世界。"他写道。

他的母亲生活贫苦,而且没能成婚,一度伤心欲绝。他的母亲被他的父亲骗了,父亲是个有钱人。母亲在安东的童年时期就去世了。他对她唯一的记忆就是她的哭泣。随着他渐渐长大,村子里的人就和安东说让他去找父亲。一天,抱着柴火的安东撞见了那个男人。他和对方说了母亲的名字,并且说他是他的儿子。那个男人扇了他一巴掌。安东临死那天仍然记得这一巴掌。

> 若是一个男人否认自己的儿子
> 还把儿子叫作骗子
> 那他就要接受上帝的质问且永无宽恕之日

安东被一位善良的教父收养了，不过他还是退学去捕鲸了。他在一艘船上遭到了殴打，在另一艘船上被扔下了水。他还遭遇沉船事故，在一个偏远地区被困了数月，其间死了六名船员。最终，他来到加利福尼亚。他娶了一个来自亚速尔的女人。她就是科琳的祖母，她是在埃尔马诺和阿尔贝蒂娜家对面的那座房子里长大的。

安东生动地回忆了他杀死的第一头鲸，这些诗句让我皱紧了眉头。1879年9月14日，他所在的船发现了一头鲸。他描述了掷出的第一支矛。受伤的鲸用尾巴拍中了四艘小船中的一艘。有人落水。安东看到一个人被淹死了。第二支矛。鲸愤怒地回击，击中了另一艘小船。安东船上的所有人都被拍入水中，海水已被鲸的血染红。幸存者被救起来带回到大船上。第二天，安东和其他人又接到命令，重新坐着小船去捕获鲸并将其切块。

科琳的祖母将安东的诗翻译成英语,这首诗被传给了他所有的后代。科琳在小时候就读过这首诗。

"这是一首既悲伤又激动人心的诗。我说不出为什么,但我感觉我很熟悉他。"科琳写道。

安东在五十四岁时自杀了。在天主教中,自杀是罪恶的,取自己性命的人无法举办天主教式的葬礼。如今科琳的女儿也已成年,科琳来这里是为了让安东的灵魂安息。她、鲍勃还有玛丽找到皮库岛上安东出生的那栋房子,他的母亲一度在那里哭泣。

他们去了马格达莱纳(Magdalena)的教堂。他们为安东的灵魂祈祷,嗓音清亮有力的玛丽唱了《慈悲的耶稣》("Pie Jesu"),这是中世纪的一首安魂曲:

圣父清洗世间的罪恶
让他们安息,让他们安息

读了科琳的邮件后,我穿上徒步靴,叫醒四脚朝天打着呼的墨菲。"嘿,朋友,跟上,有个地方我得去一下。"我这么和它说道,我当然是像和人一样和墨菲说话的。

我把车停在观景平台(*miradoura*),走到谢夫几年前带我看过的鲸瞭望塔附近。这是一栋开放式的石塔，塔身有一个口子。在捕鲸的时代，会有人在开口处用望远镜瞭望，一旦发现鲸就朝天发射信号。捕鲸是亚速尔人的生活方式之一。直到1987年，他们才停止在这片海域的捕鲸活动。

如今，这九座岛附近的海域是世界上最大的鲸保护区之一。世界上三分之一种类的鲸和海豚会游经此地，其中包括偶然出现的加利福尼亚灰鲸。

通常情况下，我的注意力只能维持一丁点时间。不过这一天，我下定决心要耐心等待。不到一小时，我看到了我想看的：海面喷出的白色水柱暴露了鲸的存在——一道，又一道。

我朝鲸挥挥手，拍了拍墨菲的头，在回去的路上记起一首E. E.卡明斯（E. E. Cummings）的诗——我所记得的最接近赞美诗的东西：*感谢上帝赐予我美好的/一天：为树木跃动着翠绿的精灵/天空那蓝色而真实的梦；为所有这一切/是自然的是无限的是对的。*

在舒阿大叔餐厅跳舞

亚速尔坐落于墨西哥湾流的温暖水流之间，因此，即使此地的纬度有纽约那么高，天气也不会太冷或太热，空气总是十分潮湿。湿度使山丘总是郁郁葱葱的，山火也燃不起来。但这又给过于关心自己发质的蠢货们带来了麻烦——比如我。红色的头发很容易受到这些问题的困扰。我们通常都认为，塞壬、长袜子皮皮（Pippi Longstocking）、小孤儿安妮（Little Orphan Annie）和邪恶女巫（Witchiepoo）①之间只存在几根乱毛的区别。幸运的是，对战胜卷毛的执着将我引向了一场团聚。

我撞见了玛丽亚·埃尔维塔。她问起我美发沙龙的

---

① 均为红发形象。——译者注

事。我嗖地掏出一张卡,这是我的邻居曼尼给我的,来自他的妻子玛丽,因为我当时正在研究这些东西。

玛丽亚·埃尔维塔皱起脸,陷入沉思。

"塞雷塔的曼尼?"她问道,"什么,玛丽,他的妻子,是我从高中起最好的朋友玛丽?我不知道他们住在这里。"

我们四人相约在塞雷塔唯一的餐厅"舒阿大叔"(Ti Choa)共进晚餐。人们会从岛上各地赶来这里吃特色的传统亚速尔美食,每一道菜中都包括新鲜宰杀的猪和牛的肉。利桑德拉负责烹饪炖肉、血肠和猪肋排。德路易莎则负责接待食客。她俩是一对姐妹。我是那种视牛油果为最喜欢的荤菜的加利福尼亚人,不过这天是周五,所以我很兴奋。

到了星期五,舒阿大叔家会在巨大的柴火炉中烤面包。第一次吃到这种面包时,我正在聊天,随手掰开一块放进嘴里。

一切都停了下来。我全部的注意力都聚焦到了面包上。厚厚的焦糖色外壳很有嚼劲,白色的面包芯柔软呈蜂窝状,包裹着热气。还能尝到一丝丝甜味。

配方源自她们的曾祖母,主要基于 *pão caseiro*——传统的葡萄牙家庭自制面包,但还要加上一种秘密配方:天然红薯酵种。

面包烘烤于下午早些时候。德路易莎用雪松木和花园里的碎草碎枝生火。火炉的烟囱中升起团团烟雾，塞雷塔闻起来就像是夏天的圣诞节。面团在下午三点左右进入烤炉。从教堂的台阶上到老人们玩牌的社区中心（Casa de Povo）都能闻到面包的香味。当舒阿大叔家的侍者——逗趣的塞尔吉奥来上班时，他会把面包从烤炉中取出，放到厚毛巾下保温，与此同时换上工作服开始布置餐桌。

这间白色的小餐厅有着樱桃红色的窗框。我们站在窗外等候餐厅开门（在亚速尔，餐馆很少准点开餐），曼尼趁机和我们讲述了这家店名字的由来。

很多年前，这栋房子的主人离岛去加拿大工作了。他回来后，总是用英语"sure"（当然）来回答一切问题。他的口音很重："showa, showa。"他就变成了人们口中的舒阿大叔（Ti Choa 或 Uncle Sure-a）。

这栋房子的新房主一家开始将它改建成餐厅后，路过的人们就总会问他们："你们要把舒阿大叔家改成什么样？"这就是这家餐厅名字的由来。

进入餐厅后，塞尔吉奥放了一篮温热的面包在桌子上，还拿来一瓶红酒。

白葡萄酒在葡萄牙并不总能得到尊重。一次，我在葡萄牙本土和一名品酒行家一同环海岸线骑行。侍者推荐了一款浓郁的红葡萄酒,我朋友说:"真的吗?我们点的是鱼。不点白葡萄酒吗?"

侍者说:"先生,在葡萄牙我们只信任好酒。所以永远只喝红的。"

玛丽看起来很放松。此前她一直感觉很虚弱。在过去的几年里,她经历了病痛,现在都还很瘦削。她悉心照料了突发心脏病的曼尼,又因最小的孙子差点死于一场莫名的感染而受到了极大的惊吓。

大家都恢复了健康,玛丽终于有时间在焦虑中崩溃一番。一位男子在弹电钢琴。面包之夜会有现场演奏。曼尼邀请玛丽一起跳舞。他们在桌子之间的小小空间里摇摆,众人注视着他们,露出了微笑。

在加利福尼亚时,为了找到她,曼尼策划了一场约会。

他和一些在美国出生且非葡萄牙裔的女孩约会过,但他觉得这样的婚姻会让他离自己的文化越来越远。此外,刚到加利福尼亚时,仅十岁的他最喜欢的就是女性露出的美腿。

"我没法想象自己和那些刚从船上下来、全身从头包到脚的女孩约会。"他说道。

他问一个朋友最近学校里有没有来什么"新人"——新的移民学生。

"有个女孩，玛丽，不过每个男孩都喜欢她。"她说。

"她穿着怎么样？"他问道。

"她穿得很不错。"朋友告诉他，"很时尚。她甚至还穿短裙。"

曼尼恳请朋友帮他约玛丽见面。他立刻就迷上了活泼的玛丽。他决心要再与她见面。但她来自一个传统的家庭，不被允许独自参加约会。他计划下一个周末在斗牛活动上与她见面。玛丽会和她的阿姨还有堂亲们一起去。

加利福尼亚的亚速尔人没有成功引入"绳子上的公牛"，因为他们所在的城镇并没有可供在街上直接放出公牛的窄巷和葡萄牙式的房屋。因此，他们引入并发展了另一种亚速尔斗牛传统：步斗（*forçado*）。

步斗的存在可能只是为了不让"绳子上的公牛"显得太过危险和疯狂。八名男士身穿紧身马裤、白色蕾丝过膝袜、红色宽腰带及短款织锦夹克，头戴精灵们偏爱的那种长羊毛帽，排成一列。

八人中排在队首的那人（葡萄牙语中称作 caras）走上前去"呼唤"公牛，进行眼神接触，并且大喊"*Touro!*

Touro!"（公牛！公牛！），与此同时还要用力跺脚。牛准备向前冲时，队首之人就会后退。如果一切顺利的话，这头牛角被皮革包裹的牛就会朝着对方的腹部重重地来上一击，然后如犁地般推着一整列人前进，令这些步斗士像蛋白酥的纹理那样挤在一起。

葡萄牙移民们会从加利福尼亚各地赶来观看斗牛。我曾见证三千名观众挤入小小的史蒂文森的斗牛场。

曼尼抵达斗牛场来见玛丽时场内差不多就有这么多人。他到得很晚。他放学后要先去奶牛场工作，然后再开两个小时车抵达这里。看台上挤满了人，但他相信自己能找到她。他没能成功。他又试着站到了显眼的位置上让玛丽来发现他。这也没能成功。

主持斗牛活动的是曼尼父亲的朋友。曼尼想到可以用广播呼叫玛丽。

一个身材高大、体形壮硕的保安不肯让曼尼通过。愤怒的曼尼来到并不牢固的看台外围，爬了两层楼高的类似攀爬架的结构，来到主持人身边。主持人通过扩音喇叭喊玛丽去啤酒花园那里见曼尼。

玛丽到了以后满脸愤怒。人们会觉得她喝啤酒！

终于两人都冷静了下来，到现在他们已结婚近半个世纪。

我问玛丽亚·埃尔维塔后来是否见了阿图罗,也就是她年轻时的那个男人。她说,埃尔马诺听说他结婚了,如果那是同一个人的话。

"但就算他结婚了,再去打个招呼不也很好吗?"我问她,"你是觉得他的妻子会介意五十年前的事吗?"

玛丽歪着头,抿了抿嘴。"谁知道呢。"她说道。

我莫名地执着于让玛丽亚·埃尔维塔和阿图罗说上话。

当时的我已认定属于我自己的宏大浪漫叙事已过去了。但我又想要相信这些故事是有意义的。

人生只有一次。但那些我们没有选择的道路,我们没有过的人生,都是人生的一部分。渴望,那种对于一个人、一个地方、一个机会、一种改变或一种莫名事物的极其强烈的、美好的、难以实现的渴求,在我们心中留下一个个坑洞,以容纳生活中更多的事物。saudade 也许是一个严格的葡萄牙语词,但隐隐作痛的渴望是一种普遍共有的现象。

"你知道,我能找到他。"我告诉玛丽亚·埃尔维塔,"我是一名记者,这整座岛上的人可能就和乔氏超市(Trader Joe's)里生意好的时候一样多吧。"

玛丽和曼尼看起来都有些紧张。通过这种不言而喻的表情，我知道他们以为我不知道玛丽亚·埃尔维塔经历了酗酒、离婚，而且很可能什么也改变不了。

但这是在特塞拉岛。她不告诉我我都能知道她人生故事的大致轮廓。

这并不是普通意义上的八卦。（虽说八卦确实随处可见。我第一次上岛时感觉自己就像是狗仔队的跟踪对象，一举一动都被监视着。）这是另一回事。人们常常以讲述事实、不附带任何评论的方式为你补充这些信息，只介绍对方的人生大事。谁的父亲是在他才十二岁时去世的。谁的母亲自杀了，导致他们把婚礼推后了。谁整整十年没和自己的兄弟说话。有一次，我和我的文化翻译谢夫提起过这种常见且病态的枯燥陈述。

"这没什么病态的。"他说，"记住，这是座小岛，我们世世代代都要一起生活一辈子，所以这就成了一种习惯，我们将一些信息传下去，为的是让我们——你们是怎么说的来着？——在有些时候放对方一马。"

我才见了玛丽亚·埃尔维塔没几面，但我能明白她可能想要找回她年轻时因为不安全感而抛下的恋爱对象，对他说："我已经变得坚强多了。"也许不为别的，只是为了提醒自己真的如此。

圣若热奶酪

埃尔马诺和阿尔贝蒂娜总说自己娶/嫁了外地人。他们都是亚速尔人。但他们来自不同的岛。到了夏季,他们会一半时间在他的老家特塞拉岛过,一半时间在她的老家圣若热过。

他们邀请我去阿尔贝蒂娜的岛游玩,尽管我有墨菲,而阿尔贝蒂娜怕狗。她小时候被狗咬过。但她已经慢慢地熟悉了墨菲,人狗双方保持着若即若离的关系。

去圣若热岛的渡船之旅麻烦重重。墨菲需要被关在笼子里,在下甲板上同小摩托和行李做伴。它很不开心。它发出了嚎叫。但实际上墨菲并不会真的嚎叫。那更像是从喉咙深处发出来的嘎嘎声。我总觉得这有点像公鸡打鸣。但船上的很多人都觉得听起来像是引擎出了什么问题。我获准去下船舱陪同墨菲。这其实是违规操作,但船员们认为总比引起大范围焦虑要好。

我们到了阿尔贝蒂娜的老家后,她在墨菲大大的头上轻拍了一下,这对她来说需要很大的勇气。当我们站在可以将美丽海景尽收眼底的露台上时,墨菲开始和阿尔贝蒂娜"聊天"。它哼哼唧唧了好一会儿。显然,在渡船上它发现了自己的语言能力,打算就此开始使用这项新技能。

"它在说些什么呢?"阿尔贝蒂娜警惕地问道。

"我也想知道,"我告诉她,"但肯定是些好笑的事。"

他们带我在这个西葫芦形状的小岛上转了一圈,这座岛长约三十三英里,最宽处约五英里。我们的第一站是全亚速尔最热门的拍照地——景色包括悬崖、海浪以及山坡上大团大团盛开着的蓝紫色绣球花丛。这些花并非本土植物,而是从东南亚或是美洲来的,但如今它们遍地盛开,已经成了这片群岛的标志。

我们在贝拉(Beira)附近一座售卖奶酪的工厂前停了下来。

等一等。我已经能听到亚速尔人在齐声谴责我了。请允许我重新组织一下语言。不是奶酪,而是圣若热奶酪。那可是圣若热奶酪。

八家传统的奶酪生产商联合生产圣若热奶酪。1981年，他们获得了原产地保护认证（PDO）。这就像是法国香槟的奶制品版。整座岛的经济都围绕着这种气味浓郁的半硬质奶酪运转。它的历史可以追溯至15世纪，佛兰芒殖民者带着他们的奶酪制作方法定居此地。古老的帆船曾在此停靠，借助轮子装载奶酪，为远洋航行做准备。这种奶酪由清晨和傍晚挤的生牛奶共同制作而成。发酵用的乳清来自前一批奶酪，这种奶酪的浓郁余味也因此得以在数百年间延续下来。在亚速尔以及全球的奶酪店出售的圣若热奶酪有三个月、七个月乃至一年熟的。想要品尝口味更浓烈的品种，就必须来圣若热岛上购买。

埃尔马诺和阿尔贝蒂娜总是做足了准备。他们在后车厢里为即将购买的奶酪准备了一个大大的冷藏箱。他们预订好了奶酪。当然，他们也认识帮忙装奶酪的玛丽·洛，还知道她孩子们的名字、她的结婚纪念日及她是如何与丈夫相识的。他们每年都会在这里见到她。她拉出十五磅的奶酪轮，以品酒师特有的风度和礼节，切下三小片奶酪。

埃尔马诺和阿尔贝蒂娜尝了尝之后满意地点点头。我小心地在奶酪的辛辣味退去后才把舌头从上颚上释放下来。

玛丽·洛向前探出身子，神神秘秘地低声说："这块是一年半的。我们这还有三年熟的。我专门为你们留的，以防万一。"

埃尔马诺点点头。阿尔贝蒂娜看了看我，抬起了眉毛。

我从来没有购买过珠宝，但我可以想象那应该就和等着打开三年熟的圣若热奶酪差不多。那种敬意、那种仪式感、那种兴奋之情——挥开那些值不了多少钱的小玩意，请对方拿出藏在保险库中的宝物。我们每人拿起了一小片。我很高兴在品尝之前先看完了埃尔马诺的表情，我一点都没错过，他的表情是以如下顺序展开的：

在惊喜中睁大了眼睛。

一个高音调的"嗯"。

接着是开怀大笑。

没有语言可以形容。这是一种纯粹的喜悦。他就像《欢乐满人间》（*Mary Poppins*）里学着放风筝的那个银行职员。

我尝了我的那一片……一种极其奇妙的感觉，小小一口奶酪竟能释放出如此强烈的味觉：无数的刺痛、怪异的颤动。我的泪水涌了出来。太有趣了。

我知道岛与岛之间存在竞争，因此，当别人告诉我*他们的岛*才是最美丽的时候，我并没有太在意。九座岛都有火山和绿色植被,都坐落于大西洋的中央。我认为这就像是要在一群克隆自墨菲的拉布拉多幼崽中挑选出最可爱的那一只。

然而圣若热岛震撼了我。从渡轮上看去,它就像是被瀑布环绕的一座翡翠堡垒。这是一座陡峭而隐秘的岛。主要的村庄都在山崖高处。弯弯绕绕的山路从山顶延伸至海平面的谷地(*fajãs*),它们是岩浆入海冷却及山崖崩塌后形成的。

在过去,一年中的大部分时间人们都在山上生活,直到葡萄丰收及接下来的节庆季节,人们才会下到谷地中。如今,有些地方被废弃了,有些地方常年有一小部分人居住,到了夏天则会迎来大量返乡移民和到世界各个角落追逐海浪的冲浪者。

圣若热岛上的常住人口约一万人,奶牛却有两万头。牧场的海拔甚至还高于村庄,更高处则是有着巨型蕨类植物和熬过冰河时期的树种的林地。

在主干道下方阿尔贝蒂娜家所在的谷地,红瓦房沿山坡零散地分布着,山坡下是一个小小的港口。步行一小段距离就可以来到火山石构成的海水池边,只是这里池子的规模会让比什科伊图什的看上去只能泡澡用。池子周围耸立着一堵像是布满绳索的黑墙，那是一圈呈蜡烛滴落物形状的岩石，它们像是正在往海水中跳或是沿着长长的红色梯子往下爬。水下洞穴里满是打着旋的海浪，池中的海潮起起落落。没有地方可供想要接受太阳浴的游客平躺下来。就连墨菲想要抓着布满湿滑海藻的石块爬出水时都遇到了麻烦。

传说中有圣若热屠龙的故事。因此，岛上那童话仙境般的氛围里反复出现着龙和圣人的主题。它们被印在两座港口小城的鹅卵石路的路面图案上，同时也被绣在锅垫和洗碗巾上。

我只待了两天，不过已经足够我四处转转，并认定如果要喊别人来这里体验一段浪漫插曲，那么阿尔贝蒂娜家的谷地将是完美的地点。

最后一夜，我们在阿尔贝蒂娜家村子的餐厅里享用了晚餐，我们点了百香果慕斯，喝了不少红酒。我意识到自己开始对埃尔马诺和阿尔贝蒂娜之间的感情感兴趣。他把手臂搁在她的椅背上。他讲笑话时，她会大笑着说"哦，埃尔曼！"，不把他的名字叫全。

我一直以为像他们这样稳定且以任务为导向的夫妻正是浪漫的反义词。

他们在她到幼儿园教书的第一年相识。那时他正在另一所学校向着校长的职位攀升。没有胡乱而不着调的机缘巧合,只有两个有着同样优良品德的人认认真真地交往。我知道他们在两人同去的天主教会里主持着婚姻研习班。

"你们为什么这么支持结婚呢?"我问道,我已习惯于将婚姻视作一种问题重重的制度,"你觉得这是因为你的文化或传统吗?"

埃尔马诺用品尝那块奶酪般的劲头摇了摇头。"我无法想象我的生活中没有阿尔贝蒂娜的样子,"他说,"她真的是我最好的朋友。"说这句话的人曾当着阿尔贝蒂娜的面开玩笑说,如果她先死他就再找一个要求没那么多的妻子。

阿尔贝蒂娜看向远方,思考了一会儿。"婚姻让其他一切都变得值得。"她说。

"那你们都在婚姻课堂上教些什么呢?"我问道,"有什么小窍门吗?"

"有一点是我们总是和互相喜欢的夫妻在一起,"埃尔马诺说,"和那些不喜欢对方的夫妻在一起是会被传染的。"

"那我在你们俩身边时可得小心了,"我开玩笑道,"可能还能反向传染。"

我告诉他们我有一个朋友——可能不只是朋友——想

要从加利福尼亚来这里找我。他们认为这个想法很不错。

第二天早上,在我去坐渡轮之前,阿尔贝蒂娜、墨菲和我一起去散步。阿尔贝蒂娜甚至牵着墨菲的绳子。谷地中最漂亮的那栋房子的大门开着,两层楼还带一个有围墙的小花园,就在一片小石滩旁。

"喔喔,爱德华多。"阿尔贝蒂娜喊道。

一个男人从房子那走来,有着天蓝色的眼睛和一头白发。他至少七十岁了,穿着喇叭袖的白色衬衫和磨旧了的甜瓜色裤子,裤腿被塞在了亚速尔奶牛场工人常穿的那种高帮靴里。如果说他本人还没有让人联想起艺术家的浪漫形象,那么艺术就在那里。

他的院子里满是雕塑,美人鱼用双手捂着胸口、海豚高高跃起、海龟缀满了珠宝。一个戴着王冠蓄着山羊胡的王子酷似爱德华多,只是前者是黑发的,且更年轻。还有用牛犁地的人、天主教圣人、奇幻生物以及亚速尔常见的鲸和海豚。这些雕塑的头发、珠宝和装饰物都是由屋子门口小石滩上的黑色石块雕成的。雕塑的风格简朴而又奇特,透着民俗气息。这些雕塑就设立在印有图案的步道、花园和垂着的葡萄藤之间。他在作品上刻了日期,由此我得知他制作这些至少已有二十年的历史了。

爱德华多摘了一点葡萄拿给我们。根据阿尔贝蒂娜的翻译，我得知爱德华多从没学过艺术。但他曾为挣钱去意大利的制造厂工作了几年，在那期间自学了铸模和雕刻。他从未展示或试图展示他的作品。他说，他并不抱有被人发掘而后出人头地的梦想。他创作这些艺术就只是因为他"感觉有必要这么做"。

我问他最喜欢的是哪一件，虽然我感觉自己已经知道他的回答了。确实如此。

"永远都是下一件。"他说。

从位于亚速尔群岛中心的圣若热岛上，可以看到各个方向上的其他几座岛：皮库岛、法亚尔岛、格拉西奥萨岛和特塞拉岛。

葡萄牙作家劳尔·布兰当（Raul Brandão）有一句话经常被人们引用："我逐渐明白，令岛屿变得美丽而完整的正是对面的那座岛。"（*Já percebi que o que torna as ilhas belas e as completa é a ilha em frente.*）也许生活也是如此。我们总是说要活在当下，但让当下美丽而完整的正是想象接下来所要做的事。

再也不见,巴尼

有时候你会觉得一切都顺风顺水,自在地做着自己,能够愉快而又充满好奇地迎接陌生人的凝视。

这并不是我当下的状态。

我回到了特塞拉岛。巴尼启动不了了。再一次。这次是我的问题。尽管我在仪表盘上贴满了粉色和黄色的便利贴提醒自己"*Luzes do carro!*"(车灯!),我仍然没关车灯。(就和巴尼身上的一切事物一样,警告是没用的。)我跋涉上山,想去汽车修理店询问他们能否来帮我搭线启动我的车子。

前方,一男一女正从一辆吉普车上跳下来。那名男子很高,一缕浅棕色的头发垂在他的眼前,脸上有酒窝。不是葡萄牙人。那名女子有着深色的卷发。脚趾甲上涂着紫色的甲油,搭配着紫色的沙滩凉鞋。可能是葡萄牙人。我猜是谁的美国孙女。

我点点头打了个招呼,并未展开对话。我没有兴致和任何人说话。

坏心情是从前一天傍晚开始的,就在墨菲又找到一个奶牛水槽跳进去游泳后。一整个夏天,我都在忙着把我的狗从各种黏糊糊的蓄水槽里拖出来,它热衷于抓里面的青蛙。这一次是最糟糕的。我一路拖着它回家,它全身都绿了,还有很多半透明小虫在它身上扭动着。

在墨菲发现抓青蛙的乐趣之前,我们度过了美好的时光,在草地上自由自在地漫步,爬过古老的木门,沿着绣球花前行。墨菲会在山坡上飞跑,成为跃动在葱绿的草地和碧蓝的大海间的一团模糊的白色。

我总是感觉自己就像一个威尔士诗人,但又想不起为什么我会想到这一点,直到有一天我连上了无线网络。我搜索了"威尔士诗人"。一看到狄兰·托马斯(Dylan Thomas)的名字,我的脑海中就浮现出他的诗作《羊齿山》("Fern Hill"),我小时候拥有的一本布面精装、书名类似于《经典诗作百首》(*One Hundred Classic Poems*)的老书中就印有这首诗,旁边还附有一幅木版画插图。

我正青葱自在，扬名于谷仓间……

我最近读到，整个社会都在渐渐远离书面文字，转而依赖视觉沟通。我无法想象没有这样的场景：来自不同时代、不同地方的文字在我头脑深处回响，让我得以与一位威尔士诗人产生共鸣，即使我无法记住他所有的诗。

这些天里我嘟囔的内容并没有那么有诗意。每次我一松开墨菲的绳子，他都会冲向奶牛的水槽。前一天晚上，我先用水管给它冲了个遍，然后自己去冲澡。冲完澡后我的脑海中又闪现了那些半透明小虫，于是我冲了第二遍澡。

然后是第三遍。

想怎么冲澡就怎么冲澡，对我来说仍然像是个奇迹。这里没有节水的必要。在加利福尼亚，旱情仍在继续，冲澡是种奢侈的享受。

我那被洗了三遍的头发毛毛躁躁地堆在头顶，简直能和红发小女孩佩伯丝①媲美。我的衣服也都脏了，房东说我可以用大房子里的洗衣房，但那栋房子接连不断地迎

---

① 佩伯丝（Pebbles），美国经典动画片《摩登原始人》中的角色。——编者注

接着从全球各地预订来此度蜜月的住客。我也愿意为爱情之类的高呼万岁,但这确实妨碍到了我那一大堆待洗的袜子。此外,就算整座岛上的其他地方都有蓝天白云,塞雷塔也总是潮湿而阴沉。比如今天。这种感觉就像是只剩我一人没有被邀请参加派对。

事实是,我感觉有些郁闷。我想念罗曼娜和约翰,想念那个夏季。我想念过去的谢夫。我想念过去的我。我甚至想念渴望做些什么而不是什么都结束了的感觉。

我离开主路,攀上陡峭的小道来到修理店。那对男女也是如此。这很奇怪。这里很偏远。和几个很可能是同胞的人走在狭窄的亚速尔小道上却不聊天,这种感觉很尴尬。

"我的车没电了。"我终于说道,同时对着修理店扬了扬头。

"我们想从我爸爸还有其他亲戚手上买下我祖母的这栋房子。"那名女士说道,同时对着街对面的房子扬了扬头。她说,我有兴趣的话可以在和塞利欧(她知道修理店店主的名字)聊完后去她家看看。

我照做了。他们叫克里斯和德尔乔内。两人给我展示了墙上数代人的家族照片,还有祖父母为德尔乔内和她姐姐买的双层床——当时她们已经二十多岁了。这对波士顿姐妹在童年时期每年夏天都会来亚速尔。德尔乔内记得五岁的自己赶牛回家的模样。

克里斯和德尔乔内结婚已有十一年，但德尔乔内的父亲总是会给她介绍他称意的亚速尔男人。

"而我就站在旁边。"克里斯摇着头说道。

他来自密歇根州。就在"9·11"事件前夕，他离开了儿时居住的小城并搬到了波士顿，进入一家钢铁公司工作。

"我从未感到如此孤独过，然后这个世界爆炸了。"他说。

他的办公室陷入一团忙乱。同事中有一个人名叫戴夫，他来自亚速尔，平时和父母以及兄弟姐妹一起住，还有一群认识了一辈子的堂亲表兄在身边，他对克里斯独自一人生活感觉震惊不已。他对克里斯关怀备至，邀请他到家里吃晚饭，还会一起去参加葡萄牙的节庆活动。

克里斯在这个亚速尔家庭中就和我在亚美尼亚家庭中一样。

克里斯很羡慕戴夫的家庭关系。戴夫也很羡慕克里斯自由自在的状态。戴夫开始每周五都背着旅行包上班，为的是周末可以去克里斯的公寓里蹭住。很快，克里斯就有了一个非正式的室友，而戴夫的妈妈则有了一个新儿子。

波士顿每年都会举办一场私下里被称作"卢索狂饮巡

游"（Luso[①] Booze Cruise）的活动。卢索指代的是所有说葡萄牙语的人。但波士顿的葡萄牙语人口的历史可以追溯至亚速尔捕鲸时期。因此在波士顿，"卢索狂饮巡游"主要指代醉酒的亚速尔人巡游。戴夫邀请了克里斯参加巡游，但自己没有露面。

克里斯记得，一大群葡萄牙人以那种绝对称不上是欢迎的眼神看着长相就绝不葡萄牙的自己。德尔乔内也在巡游上被放了鸽子，对方是她的妹妹尼维娅。

克里斯和德尔乔内在戴夫的亚速尔朋友圈聚会上见过面，但在巡游上才真正第一次说上话。

德尔乔内记得自己当时心想，*哇，原来不是大男子主义的男人是这样的*。那时她正在与一个传统的意大利裔美国人交往，她说她父亲可以接受他"是因为如果女儿不能嫁给一个葡萄牙男人，那意大利男人就是第二选择。因为在这两种文化中男人都会觉得自己就是国王"。

克里斯认为从一开始的对话中他就知道他们一定会结婚，不过他也记得自己心里想着，*不可能的，我攀不上她*。

不管怎么说，让两人通过这场巡游拉近距离的是两个

[①] Luso，即 Lusitania（卢西塔尼亚），罗马帝国时代伊比利亚半岛的地名。——编者注

不在场的人。

巡游结束几个月后，德尔乔内和尼维娅同她们的波士顿亚速尔民俗团体一起去了英雄港。尼维娅不再像平常那么爱玩。她不想出门。她不喝酒。

她怀孕了。孩子的父亲并非她长期交往的男朋友。

在她还是个小女孩的时候，尼维娅就迷恋过克里斯的朋友戴夫。她告诉德尔乔内，当年在教堂里准备节庆活动时她看了看戴夫，然后走上前去跟他坦露了心声。

戴夫大吃一惊。尼维娅对他来说更像是个妹妹。

"显然，"德尔乔内说，"他从震惊中回过神来了。我妹妹长得很美。"

"我不知道，"克里斯说，"现在再回想起来，我确实记得戴夫表现得很怪异。他有点被吓得不知所措。"

"我仍然不敢相信他俩竟然能保守秘密。"德尔乔内笑着说道。

尼维娅告诉父亲他将成为外祖父时，家庭聚餐的氛围变得十分紧张。他看向了德尔乔内。

"别来看我！"德尔乔内感叹道。她父亲总是觉得她才是叛逆的那一个。她还小的时候就和父亲说她想要嫁给一个亚速尔人并且一直留在岛上。他告诉她，只有塞雷塔行进乐队中最差劲的那个演奏者才愿意娶她,因为她太独立了。可能早在那个时候,她父亲就已经和自己妥协,愿意接受一个意大利裔美国人做女婿了,不过她认为他应该从未想过还会有一个从密歇根来的白人。

在戴夫和尼维娅的婚礼上,德尔乔内和克里斯再次相遇,由此第一次约会变为一起过周末,自那以后他们就没有再分开过。

我们坐在她祖父房子的餐厅里,所有人都盯着桌上的一个瓷像。它大约有三英尺高。一张苍白的猴脸上有着大大的绿眼睛和十分夸张的黑色眼睫毛。头顶上和手掌上画着一圈圈黄色的线条,大概表示的是蛋糕上的裱花或是猴毛,也有可能是花。这只坐着的生物嘴里叼着一个淡蓝色的篮子,篮子里装着一小束花。

"一只卷毛狗?"我很不确定地猜道。

"一头狮子?一只羊?"克里斯继续了我的猜测。

"这小子,那小子,丑玩意儿叼着个小篮子。"德尔乔内唱道。她看了看克里斯,说道:"对不起,亲爱的,但是这得留在这里。它属于这里——我不狮(是)骗你。"

"我不知道,羊(让)我哀悼一下。"他说道。

这是我第一次注意到将在接下来与克里斯和德尔乔内

一起度过的数周时光里变得显而易见的事实:他们喜欢谐音梗。这并不是说我将喜欢谐音梗与,比如说,毛绒玩具癖等同了起来。只是想表明克里斯和德尔乔内喜欢玩文字游戏给我带来的震惊程度。

走回家时,太阳露脸了——即使这里是塞雷塔。同克里斯和德尔乔内吵吵闹闹地聊天给了我一种熟悉感(除了谐音梗——这点是新鲜的)。我没那么孤独了。

修理工塞利欧(他和他的兄弟德利欧一起经营这家店)开车过来,但他没能启动巴尼。他给巴尼换了一块新电池,我又付出了七十欧元。

一周前,我终于付了买这辆车的钱。

店里的玛丽萨试图说服我不要付现金。她疯狂地摇着手指画了一连串折线,像人们放在挡风玻璃后的那种弹簧小狗玩具一样晃着头,露出女性主义掌旗人一般的眼神,表演着我该怎么说"我绝不会用全款买下这辆你原本就知道是堆破烂的车"。然而,可惜的是,我们早就谈好了这笔交易,埃尔马诺也参与了此事,而且,即使我后来对着镜子尝试了摇头晃手指那一套,但很显然我并不是玛丽萨。

埃尔马诺和我见了那个娶了他堂亲的妻子的姐姐的人,同时还有他的生意伙伴——他从初中起就相识的朋友及有着相同时尚品位的连襟。他们都穿着亮橙色的衬衫,只是色调稍有不同。很明显,他们都有着大胆激进的创业精神。为巴尼办过户手续的市政办公室同时也办理离婚手续。那位合伙人说,这里很适合寻找那些需要找个新园丁的女性(他有这么一个副业),也有很多夫妇急着卖车或是卖房。巴尼似乎只是他业务中的九牛一毛。

我们走向保险办公室时,埃尔马诺的那个远远远房亲戚说我做了笔好买卖。"所有美国人都想要自动挡,"他说,"你很容易就能转手的!"

"我以为这车要跟我一辈子了,"我脱口而出,偷了谢夫说的话,"因为除了我根本没有人会买这辆车的。"

他一脸受伤的样子。

我感到一阵内疚。

我回到家后,发现他说的是真的。

我正忙着把墨菲和一条沙滩浴巾塞进巴尼的后座时,一辆大卡车在路边停了下来,坐在副驾驶座上的女性向我喊道:"我听说你有一辆美国车想出手?"

"你不会想买这车的,"我告诉她,"浑身是毛病。"

"不,我想买。"她说着走下了车。

珍妮特是在阿蒂西亚长大的,她说她每年夏天都会带着两个小女儿来这里。她的丈夫得留在加利福尼亚工作。她和她婆婆一起住,平时出门只能让她丈夫的哥哥开车送,她不会开手动挡的车,而她又真的很想要一辆自己的车。(我能明白她的感受。)

"但如果这辆车总是坏在半路上呢?"我问道。

"没事的,"她说,"我丈夫的哥哥什么都能修。"

她很快就要走了。她要回中央谷地,因为她的大女儿是节庆上的公主,将要在那里参加庆祝游行。她说如果我能把车卖给她,我可以一直用到我离开,她会等到明年夏天再来开。

她报价一千二百欧元。我接受了。我能看到卡车里她的两个女儿穿着配套的粉色泳衣。她们的发尾也是粉色的,是她们的美容师母亲帮她们用酷爱(Kool-Aid)饮料染的。我说我可以载她们一程,于是我们一起去了火山岩水池。

珍妮特踩在水里和她丈夫打电话,告诉他她在亚速尔买了辆车,和他们在加利福尼亚开过的那辆很像。也许这辆车会很适合她——毕竟到了这个阶段它已经有了很多新部件。她的女儿们轮流朝水中扔着木棍逗墨菲。再也不见,巴尼!

帝国小教堂

虽然克里斯和德尔乔内看起来就像是从户外探险杂志上走出来的,但他们对户外探险毫不感兴趣。我和墨菲徒步了一早上。我坚守我的使命,不停地嗅嗅花朵、听听鸟叫、对着这棵树那棵树大惊小怪,以此对抗我脑海中由旱情、火灾、洪水构成的末日景象。在这之后,我与克里斯和德尔乔内见了面,一起坐在各种咖啡馆的遮阳伞下小口啜饮。

这让我想起了坐在欧迪和阿尔门的后院里边喝茶边思考人生的时光,而那又会让我想起欧迪在她伊朗的院子里做着相同的事的场景。德尔乔内说,她知道回到波士顿后她会想念这些午后时光的,虽然到时候她肯定忙得根本没时间想。我们之间形成了一种成年版的夏令营伙伴关系,自由而自然地分享着各种生活故事。他们知道穆迪以及他的新绰号：恩迪科特。

杰克·穆迪并不是那种甜腻腻的追求者。穆迪将他想来亚速尔找我的事告诉了他的那群男性朋友，其中包括他最好的朋友——一个爱猫的赌徒，整天手不离别克车方向盘，下注电话不断——还有他那认为真爱只存在于男人及其猎狗之间的哥哥，这群人由此戏称他为恩迪科特，源自克里奥小子和椰子（Kid Creole and the Coconuts）乐队的一首唱老好人和漂亮妻子的歌。他们就像是一群中年版的举着"女孩靠边站"（No Girls Allowed）标语的男孩。我很意外穆迪胆敢离开这个俱乐部。

克里斯认为"恩迪科特"这个绰号很有趣，同时也表示这意味着在等我同意的穆迪是个好男人。当天，酒气熏天的探讨围绕着我究竟在等什么的话题展开。

"问题是还有一个葡萄牙人，我不确定我真的能忘掉他。"我说。

"等等！"克里斯大喊道（我提过酒精的存在了），"恩迪科特知道还有个欧洲人？"

我点点头，不明白震惊的点在哪里。穆迪和我相识已经十几年了，没理由再保守秘密。我们互相之间不知道的事并不多。

"你不明白,"克里斯说道,"我们美国男人,对欧洲的那群家伙很有看法。我们觉得自己和他们比不了。他们身后有着数千年的浪漫史做支撑。他们有情圣卡萨诺瓦[①];我们只有大卫·克洛科特[②]。恩迪科特是我的英雄!"

克里斯坚定地支持"伤透心然后开始新生活"这种选择。在他遇到德尔乔内之前,他撞见了他最好的朋友和他同居的未婚妻上床。(我都听过多少次这样的故事了?锁门啊。没有人想要在记忆库里存档这样的画面。)克里斯告诉我他仍然时不时会想起那个瞬间。"如今一想起来,我就会想:*好!谢天谢地。不然我就娶不到德尔了。*"他一边说一边朝空中挥着拳。

他说的很有道理。彻底的背叛会给你一种解脱,那是双向的失去所不能提供的。

我的一个朋友的丈夫去世了,她有一个理论,她说人类的心脏有四个心房,因此即使有一个心房永远属于失去

[①] 卡萨诺瓦,全名贾科莫·卡萨诺瓦(Giacomo Girolamo Casanova, 1725—1798),意大利冒险家、作家,18世纪享誉欧洲的大情圣。——编者注
[②] 大卫·克洛科特(Davy Crockett, 1786—1836),美国政治家,战死于得克萨斯独立运动中的阿拉莫战役。——编者注

的那个人，爱仍然可以找到停留的地方。我笑着想起了我爸用不那么有诗意的方式表达的类似观点："三条腿的狗照样跑得很快。"

我需要很确定。因为如果我爬上了这段梯子，我就只能跳下去。绝不能再从倒霉的嘉年华村水滑道梯子上爬下来。

这是克里斯和德尔乔内在特塞拉的最后一周了，所以我们鼓动自己来一场正经的出游。我们环岛一圈，看了很多装饰精美的小教堂，它们被称作 *impérios*（帝国），由当地家族构成的名为圣灵崇拜（Cult of the Holy Spirit）的宗教团体负责维系。这座岛上有超过五十座这样的帝国小教堂。每个村子至少有一座——通常都坐落于天主教堂的正对面。这些小型建筑的顶部都有一顶王冠和一只鸽子，并且装饰着独特的色彩。有一座是蓝色、黄色和红色的，还有一座是绿色和粉色的，另一些则有着鲜艳的绿松石色。还有几座帝国小教堂整体刷成了黄色甚至橙色。这些令人眼花缭乱的建筑结构和明亮的色彩令它们看上去既像婚礼蛋糕又像彩色皮纳塔[①]。

[①] 皮纳塔（piñata），一种装有玩具和糖果的纸质容器，聚会时悬挂起来供人用棍子击破，常作为庆祝活动的一部分。——编者注

每年春天,这些帝国小教堂就会重获生机,成为圣灵节日的中心。节日上会有大锅的汤和一篮篮用于分发的面包,以提醒众人多行善事。小教堂中满是盛开的鲜花,每个村子会组建一支队伍,年轻女孩们穿上白色的裙子、披上披肩,打扮成女王的模样,男人们则举着中世纪的旗帜,还会有人把面包篮子顶在头上。这个传统与亚速尔人的身份认同紧密相连,因此在离散在外的移民之间也得到了延续。在加利福尼亚,春天的每个周末,总有一个葡萄牙社群在分发免费的汤。这是一项宗教意味浓重的仪式,但它并非来自天主教,很少人意识到这一点。

历史学家认为,圣灵传统始于约阿希姆(Joachim),一个约在1135年出生于卡拉布里亚(Calabria)的修道士。他是意大利菲奥雷(Fiore)的修道院的院长。他认为,圣父、圣子、圣灵代表了人类三个不同的世代。圣父的世代是在过去,人们如今生活在圣子的世代,未来就是圣灵的世代,这便是约阿希姆对《圣经》的理解。他预言说,在新的世代里,世俗和神圣之间将没有隔阂。圣灵的帝国会带来和平、公正、平等和宽容。世间将迎来这样一个乌托邦的理念吸引了很多人,其中还包括但丁,但丁将约阿希姆写入了《神曲》的天堂中。

然而，如果普通人可以直接与神交流，那么就没有各级教会存在的必要了。他的教义最终被认定是异端邪说。圣灵节日在全欧洲被斩草除根。不过小范围的抵抗组织保留了下来，最著名的就是方济各会和圣殿骑士团中的那些。（他们真的存在——并不只是印第安纳·琼斯式情节中的角色。）葡萄牙的国王和王后都崇拜圣灵，但他们也是极其虔诚的天主教徒。他们设想让教会继续掌权，号召世俗人士来举办圣灵节日，并将其视作一个不同于宗教节日且不会威胁到宗教机构的活动。教皇放过了他们，因此，这一节庆在葡萄牙保留了下来。仪式包括将一个普通人加冕为圣灵帝国的国王。一开始王冠上有一个十字，象征教会以及圣子的世代。后来十字被鸽子取代了，以象征圣灵和新的世代。

在这期间，亚速尔群岛仍然无人居住。15世纪，葡萄牙人在此地定居下来，由圣殿骑士团的后继者，基督骑士团管理。方济各会修士也属于最早一批来此地的人，他们宣扬各个家庭组建成宗教团体，来举办圣灵节日。

我们在这场自封的出游中参观的小教堂是一片留在处女地海岸上的异教乌托邦愿景的残余。但那并不是德尔乔内和我觉得最有意思的地方。根据民间传说，在西班牙设立宗教裁判所的时期，圣灵崇拜团体为犹太人提供了藏匿地，这一点深深吸引了我们。

我们都感受到了一种私人的联系。虽然我们的理由不同，我的理由甚至可能是完全虚构的，但德尔乔内和我都认为我们是西班牙裔犹太人（Sephardic Jews）的后代。

德尔乔内的曾祖父于1月6日出生在塞雷塔，这天是三王节，被视作小圣诞，是基督教中庆祝东方三博士来到耶稣出生地的。因此，他的家族将姓氏改作雷斯（Reis），也就是国王的意思。但是德尔乔内表示，长期以来家族中一直有传闻，说改名实际上是为了隐藏家族的犹太根源而开创的传统。

1497年，葡萄牙的犹太人被迫改信离乡，否则就会遭到杀害。被迫改信的那些人被称作新基督徒，都换了自己的姓名。随着西班牙宗教裁判所越发残暴且掌管范围越来越广，这些人只能不停地改姓，并且使用好几个姓氏来避害。在部分家族中，这一做法延续了好几代人。

第一批亚速尔人中就有犹太人。在特塞拉岛上，最先被葡萄牙人宣称主权的海湾中就有被称作茹德乌港（Porto Judeu，即犹太港）的。传说最先游到海岸上的那个犹太人获得了该地的命名权。在第二次世界大战中，亚速尔再次成为犹太家庭的藏匿地。针对亚速尔人的Y染色体的研究表明,该地13.4%的人口具有常见于犹太血统的遗传标记。

这些信息就足以让德尔乔内和她的阿姨在圣诞节互送基因测试作为圣诞礼物了。(她们一起团购的。)结果显示她们确实有犹太血统。如今,她们会在圣诞节互送迷你灯台——部分是为了看德尔乔内那虔诚的天主教父亲气急败坏的模样。

我的犹太血缘之说则没那么多实证。我不确定;我的族群和我都没有参加团购。从小时候起,我就很介意自己长得不像任何一类人。我没有自己的族群。

不过,就在我第一次来到亚速尔时,谢夫和我去参观了一个关于岛上的西班牙裔犹太人离散历史的博物馆。那里有一幅画,画着一个无名的西班牙裔犹太女性。这幅画甚至不是写实派的,更像是彩绘马赛克艺术。她的脸很瘦,下巴很尖,有着棕色的杏眼和红色的头发,四肢细长。就在我自己都没反应过来时,谢夫惊呼道:"天啊,她长得和你一模一样。"

我当即决定,这项详尽的家谱研究(即撞见一幅总体上长得很像我的画像)终于解释了我为何深深被亚速尔所吸引。(它流淌在我的血液里!)我想过做一次基因检测。

但我又不喜欢这么做,因为我觉得这不重要。我坚定地支持单一种族分类:人类。当然,德尔正是用基因检测向她父亲证实了同一个论点。

在我们谈论这些时,克里斯提议前去游览这些可能是我们共同的文化遗产的景点。当然,是在我们去吃鱼并且放墨菲去游泳的路上。每到一个帝国小教堂,我们都会竞相在繁杂的装饰物中寻找可能可以被解释为希伯来语词汇、犹太灯台或是大卫之星的图案。

有一种说法是,这些帝国小教堂是供那些外表上改信了但暗地里仍信奉犹太教的犹太家庭集会及举行宗教仪式的。也许他们甚至还将犹太教的象征元素融入到仪式和建筑中。

德尔乔内说,她认为这只是为了让那些被迫改信并且远离自己熟悉的一切的家庭更自然地融入当地社群。

如果那些符号真的存在,那么它们有意义吗?有些学派认为,即使我们并不真的知道符号的含义,它们仍然是人类在区别于文字的层面上传递故事的一种方式。这个学说在我看来正适用于这座小岛,在这里,无数传奇和神话故事就潜藏于生活的表面之下。人们谈论起与已逝之人的对话时的模样会让你觉得他们俩就刚刚在店里碰过面,若想摆脱这种困惑感，你只能放弃严格的线性叙事。

在参观帝国小教堂的路上，我们拐进了路上出现的每一条岔道。我们看着孩子们跑跑跳跳，一路从海港围墙上跳入海中。我们在一座尤其漂亮的天主教小教堂前拍了照。我们沿着土路上的车辙穿过奶牛们的草地。就这样，我们仍然在一个下午就环游了这座岛。

当晚是海滩节（Praia Festa），规模仅次于夏季开始时的圣约翰节。去参加派对前，我打电话给恩迪科特——对不起，我是指穆迪。这导致我没跟上克里斯和德尔乔内，我只能被挡在一群由小美人鱼和《马达加斯加》（*Madagascar*）企鹅组成的儿童游行队列后。

克里斯将啤酒高高地举在空中，给了正在挤出卡通世界、穿过舞者群体的我一个目标点。我突出重围后，他将那瓶啤酒当作奖品一般颁发给了我。

"怎么样，"他以打招呼的方式问道，"你最后是怎么和恩迪科特说的？"

"我和他说让他过来。"我告诉克里斯，我们碰了碰啤酒瓶。

谢夫的提诺塔斯乐队仍然是最受特塞拉岛（以及我）喜爱的乐队。他们正在这里演出。有一点我一直觉得很搞笑,那就是舞台上个子最高的谢夫弹的却是四弦小吉他(cavaquinho)——这是吉他中最小的,是尤克里里的祖先。葡萄牙人将这种乐器带到了夏威夷。乐队中还有吉他、鼓、小提琴和一名主唱。能看着谢夫和他的朋友们一起唱唱跳跳实在是太好了。他们的音乐充满激情。在这个温暖宜人的夜晚,点点星光之下,人们挽着手起舞、旋转。一名女士和她婴儿车里的孩子一同跳了起来。

谢夫不喜欢呆坐着也不喜欢独处,他曾告诉我,他很高兴自己是亚速尔人,因而他可以玩音乐。在亚速尔,孩子们在小学时会收到学校分发的乐器,他们会一起学习演奏,一起学着组乐队。谢夫说,如果自己像美国小孩那样被独自关在家里练乐器,那他可能一个音符也学不会。这些学生玩着音乐长大,其中真正热爱所学乐器的会开始独自练习以成为音乐家。只不过在岛上长大的每个人都至少会弹奏点什么。

音乐会结束后,我们一大群人聚在人行道上喝酒聊天。在这个小团体中,就有能证明人类迁移故事之多样性的鲜明案例。

在我第一次遇见谢夫最好的朋友之前,谢夫将这个与他一起创办乐队的人描述为"我所认识的最亚速尔的男人"。然后他为我们做了介绍,他说:"戴安娜,这是杰里。"一个完全不葡萄牙的名字。杰里的父母年轻时曾移民到了加拿大,但他们很快就意识到加拿大不适合他们。不过在那期间,他们爱上了杰里·刘易斯的电影。

后来,十七岁的杰里前往加拿大赚钱。他和亲戚们住在一起。一天晚上,葡萄牙电视台转播了英雄港的圣灵节庆典。

他的叔叔阿姨及堂亲们都边看边哭。

"这是我第一次真正理解*saudade*的意义,"他说,"我想的是:*不,不——这不适合我。我不想一辈子都在思念我的岛。*"

下周特塞拉岛上有一场他想看的演唱会。他买了一张演唱会的门票和一张机票,回了岛上。

小提琴演奏家斯塔特出生于美国,拥有美国护照。父母在他幼儿时期就将他带回了亚速尔。他只会说葡萄牙语。去波士顿时,他出示了护照,然后就被带入移民办公室审问了数小时,因为他连最简单的英语问题都回答不了。在放出斯塔特之前,他们告诉他要将他送回葡萄牙。这发生在他和一支来自小村拉米纽(Raminho)的行进乐队的旅行途中。

德尔乔内问他在波士顿时住在哪里,他开始描述那栋褐石建筑。她的眼睛瞪得滚圆。"你还记得你的卧室长什么样吗?"

他描述了床罩和窗帘的模样。

"那是我父亲的房子。"她说,"你睡在了我的床上!"

我正想着是不是乐队里的每个人都在美国或加拿大有亲戚时,又突然想起了被我遗忘的一层关系。鼓手之一的蒂亚戈和罗曼娜有亲缘关系。正是他提醒了我太多的马提尼会让她说起意大利语。我和他说,我总是开车路过罗曼娜的房子,一直在等她到来。他说她有些虚弱,最近摔了一跤,所以今年来不了了。我并不感到意外,我知道如果她能回的话一定会回特塞拉的。

"不过约翰来了,"他说,"他扮了圣约翰节的国王。"

我想的没错。我就知道我认识花车上的那个少年。

我打电话给约翰,聊了一大通。他们家从波士顿搬到佛罗里达州了,这也是为什么我一直没能联系上他。不过他说他进了游泳队,这让我立刻想起了我在比什科伊图什的池子边看他胡乱拍打水花的那个夏天。

错误的搜寻

我在塞雷塔的主干道上迎面碰上了曼尼。

在特塞拉,人们很少仅仅点头致意。他们会依在火山岩墙上,坐在教堂台阶上,停下车来,好好聊一番。闲聊是一项重要的活动。我们就在碰面处附近的一段面朝大海的墙上坐了下来。碰巧,这堵墙属于曼尼从小生活的那栋房子。

"就是这栋房子?"我问道。

"是的,"曼尼说道,"我记得法亚尔的火山爆发时我就坐在这里,当时的海面就像着火了一样。"

卡佩利纽什火山喷发时曼尼还是个孩子,这给了他的家人一次移民的机会。到达美国时他十岁。

十岁的孩子有一点神奇之处。这时你仍然是个小孩,享受着童年的欢乐与灵活性,但又已经到了能够被定义的年纪。在这个年纪移民的曼尼从未像更年长的人常常体会到的那样,感觉自己既不属于这里也不属于那里。

"我总觉得自己是百分百的亚速尔人和百分百的美国人,"他说,"在学校是这样的我,在家又是那样的我。我喜欢这么想。我还是喜欢有不止一个我。"

不过,困难也是存在的。他的父亲,家里唯一挣钱的人,像大多数来到加利福尼亚的亚速尔移民一样在奶牛场工作。他在干活期间受了很严重的伤。曼尼记得,两个奶牛场老板在他父亲的病房外窃窃私语了好一会儿,才带着解决方案进门。他们说他们承担不起保留他父亲岗位的费用。他们只能再雇一个人——除非还有别的选项。

"你的那个孩子——他挺大的了。我们可以重新安排活儿,让他在上学前和放学后来工作,直到你回来。"他们中的一个说道。

在接近一年的时间里,曼尼都要在日出前起床,深夜入睡,每天从事相当艰苦的体力劳动。只要他不在学校,他就在奶牛场工作。他从没有告诉同学们他的这部分生活。他记得自己只要坐定了就能睡着。当时他十一岁。

"你得意识到,对他们来说这已经很善良了,"曼尼说,"如果我爸爸丢了工作,我们又会怎么样呢。"

我向他问起玛丽亚·埃尔维塔——我仍然希望她能见到年轻时的那个追求者。他说这是她在特塞拉岛上的最后一周。我不敢相信。她来这里待了六周。夏天怎么能这么快就要过去了？

我们又相约在舒阿大叔家共进晚餐。

我问玛丽亚·埃尔维塔有没有和阿图罗说上话。她说她没有见到他，一脸难过的模样。

就这样，我想，我一定要找到他。

第二天一早，我坐上巴尼，照例做了"请启动吧"祈祷。玛丽亚·埃尔维塔明天就要坐飞机离开了。

我认为我应该从谢夫开始。他可以问问提诺塔斯乐队的成员们。就像大多数乐手们那样，他们都有日常的工作，这些人分别在奶牛场、生物领域、护理行业、教育行业及政府部门工作，因此我可以去各个领域打探一番。

我来到消防站时，谢夫一晚上都在忙着救助庆典上醉酒和受伤的人，这会儿正揉着眼睛走出来。此前我和他说起过阿图罗，包括我听说的阿图罗可能回了特塞拉做警察的事。

谢夫打了个电话。我听到他在电话这一头说着"*pronto, pronto, pronto*"（好，好，好）。他挂掉电话，问我要我的笔记本和笔,然后画了一张地图。他点了点比什科伊图什的一个地方。"这是他周末住的地方。"他说。

今天是周六。

我打电话给玛丽亚·埃尔维塔。她没接。我留言让她立刻回我电话——我说我得到阿图罗的住址了。我去集市上买了点东西打发时间。玛丽亚·埃尔维塔还是没有回电,也没有接电话。时间正在慢慢过去。

我打电话给曼尼和玛丽,很兴奋地说我追踪到了。

"也许她没接电话是因为她并不觉得这是个好主意。"曼尼说。

天气很好。那栋房子就在港口边上。我向那个方向开车过去,告诉自己我只是去看看大海。

我停下车,偷偷观察起了一个绿意盎然的院子,院子里的树篱修剪得整整齐齐。一个男人正在花园里检查自己的植物。

我一动不动地坐在车里,没有接近他。一开始我告诉自己这是因为他可能不会说英语。后来我意识到这是因为曼尼说得没错。这不关我的事,这整件事都是错的。如果玛丽亚·埃尔维塔明天上飞机前没和她十七岁时爱过的人说上话,那也没什么。重要的并不只是结局。

晚安,好朋友

我认识他已有十五年了,但我从未见过到达亚速尔时的那个杰克·穆迪。新发型、白衬衫、皮外套。我所认识的那个穆迪永远都穿着毛衣或是旧金山巨人队的套头衫。他对着吃惊的我笑了笑,眨了眨眼。

"我和你说过我想要尝试一下。"他说。

我们来到舒阿大叔家,一边吃晚饭一边探讨我们是何时及如何走到今天这一步的。他说可能是他第一次看到我的腿时,当时我穿着瑜伽裤和他一起做晚饭。我觉得这个答案很可笑,因为我是一名作家,居家办公,他看我穿瑜伽裤的样子可能都有十年了。另外,他一定一直长着眼睛吧。不过,我此前没注意过他眼睛颜色的变化。

我想起了罗曼娜的南瓜:有时候人生还是得留点悬念。

我们离开特塞拉,前往圣若热的那个我认为很适合来一场浪漫之旅的谷地。我们的原计划是待四天,然而现在已经是第二周了。这种灵活性来源于我在思考是否该让穆迪过来时所依赖的一条决策原则:最糟糕的情况可能是什么?

根据我的想象,最糟糕的情况可能是我们一直都相处得很尴尬,直到他离开的那一天。我建议他买单程票,这样有必要的话他随时都能买机票返回。

事实是,我们租的第一栋小屋无法再续约,因此我们刚刚搬进第二个住处。在这个贝壳般的小村庄里,搬家意味着从一个小山包换到另一个——这里的道路弯弯绕绕,很难再分出街区。房主生活在加利福尼亚,他的妹妹路易莎帮他打点租房事宜,我们入住时,她带着丈夫、两个小儿子及两个侄女来欢迎我们。她丈夫带了一瓶自制的红酒。他不会说英语,但手势在倒酒和举杯时都完全够用。孩子们和墨菲玩起了足球,语言毫无必要。她九岁的儿子告诉我,这是"晚安,好朋友"之夜。

我不明白那是什么意思。

为了演示给我看,八张快乐的脸蛋凑在一起,他们用动听的嗓音给我们唱了一首歌。

我仍然不明白那是什么意思。

那天晚上，我们在午夜时分准备睡觉，我觉得还很早，穆迪已经觉得很晚了。远远地，我能听到人们唱歌的声音。很快，那班人来到我们这条街上，大声唱着歌。在特塞拉岛，处处都能碰到行进乐队，在这里则换成了一众颂歌歌手。

我问穆迪，他是不是觉得这很有趣。

他睡眼惺忪地说，倒也不用上"很"这个字。

歌声越来越近。我听到有人喊："美国人——别睡觉！"接着是重重的敲门声。

我套上牛仔裤和T恤去开门。门口站着大约三十人，其中包括阿尔贝蒂娜的哥哥杜阿尔特，他每年都会回来住一段时间。

"我们将为你们唱歌。"杜阿尔特说道。

穆迪穿着拖鞋走出来，头发乱糟糟的，坐在我身边看他们大展歌喉。有几个人的嗓音尤其优美，每个人都激情昂扬。有人递给我一杯红酒。这群人又唱了一曲，以"喝，喝，喝"（用的是葡萄牙语，但意思很明显）结尾。我举杯喝光杯中的酒。穆迪也得到了同样的待遇。

杜阿尔特说，现在我们必须跟着他们去其他人家里，我们要一起对着房主唱歌,房主则要喝一杯酒,然后加入这个队列,直到整个村子都聚到一起唱歌。他说这是一个古老的传统,可以追溯到每家每户都自己酿酒,然后一家一家地敲门互相品尝的时代。

我从没有听过这种习俗,因此很想知道这是不是这座岛独有的。"全亚速尔都这样还是只有圣若热?"我问杜阿尔特。

他一脸震惊。

"只有这里。这个谷地。不是整座岛。"他说。

愚蠢的我。圣若热岛上有八千人。难道我认为他们都遵循同样的标准传统吗?

路易莎知道我们没有任何准备,因此她为这场集体造访带来了零嘴和红酒。她和她丈夫正准备走回隔壁的家中放东西,杜阿尔特留意到了他们打算回家。

"你们必须加入这个队列!"他喊道。

他们说他们有孩子。队列中一个孩子也没有。丈夫把最小的孩子背到背上,然后我们就一起出发了。他们离开时家里的大门敞开着。

月亮出来了,海面上闪烁着星星点点。白墙红瓦、教堂的尖塔以及平静的山丘上都笼罩着微光。小港里停着几条旧渔船,光亮像是来自海底。没有人打手电,也没有这个必要。

乔一个人负责带路,他拿着一根挂着葡萄牙国旗的棍子、一条鱼干和一些蔬菜。他说这象征着什么,但他忘了具体是什么。

每到一家我们就会在一堆贴面礼中被介绍给房主。他们中的大多数人都一半时间生活在这里,也就是自己的家乡,一半时间生活在加利福尼亚。有一人在勒莫尔(Lemoore)养山羊,有一人在特雷西(Tracy)做生意。还有来自特洛克、希尔马和默塞德的夫妇。再加上我们两个刚刚逃离弗雷斯诺的,就凑齐了一整个中央谷地。每家都有一大桌子的饼干、薯片、香肠,当然还有圣若热奶酪——这座岛的致富之源及最受欢迎的零食。

还有酒。一大堆酒。

在我学会躲开递来的一杯杯酒之前,我克制地品尝了自酿的高度酒。这种酒最高有六十度。我很确信两杯下肚之后我已到了极限,因为清醒的头脑早已离我而去。山坡上的一栋小屋是这座村里最古老的房子,已矗立一个世纪之久,在那里,穆迪吞下了一杯几乎和这栋房子以及房子中住的人一样年长的威士忌。不能说整个村子都醉了,但我清楚地记得杜阿尔特——一位饱受尊重的斯坦福大学教育工作者——抓着我的手大笑着冲向山坡上的下一站。

墨菲一路跟着我们，试图从每一个人那里都得到一个"拍拍"，但不知从什么时候起我就没见到它了。我并不担心。这座村子太小了，没有车来车往，每天早上我都会直接打开门让墨菲跑去港口游泳。我们能听到它一圈圈游泳时的吠叫声，随后就会全身湿透又饥肠辘辘地出现在家门口。今晚它肯定也下水游泳去了。

每到一家我们都会继续唱歌。杜阿尔特说，这首歌有无数节，他翻译了几小段，讲的是一个男人告诉妻子他在酒上只花了一小点钱，妻子告诉他一小点一小点就能把家产败光。合唱部分则是："在我抵达天国的大门之前，就把我埋在酒桶里。"

在最后一户人家里，路易莎从队尾跑上前来讲了个故事，每个人都笑得直不起腰。我的耳中听到了 *cão*（狗）这个词。我立刻警惕起来。我抓住杜阿尔特，把他拉到一边让他翻译给我听。

他说，路易莎正在解释说他们匆匆忙忙地加入队伍，没来得及把家里为了招待这一大群人准备的零食收拾起来。我的葡萄牙语水平正好够我把墨菲吃的这些东西翻译出来。路易莎用手势告诉了我这些东西的分量。

- *O grande bolo*——一个超级、超级大的蛋糕
- *Biscoitos*——一盘饼干
- *Batata fritas*——一大碗薯片
- *Cerveja*——一洼他们倒掉的瓶子里剩下的常温啤酒

我万分窘迫。所有人都大笑个不停。

根据杜阿尔特的翻译,路易莎的丈夫用葡萄牙语说:"墨菲明天早上一定会有和我们一样的感受。"

田园牧歌

我查了 *idyll* 这个词。

"一种极其快乐、平和或风景如画的阶段或场景,尤指理想化或者不可持续的状态。"《牛津英语词典》如此解释道。真可惜还有后面半句,不过看起来这确实是我想找的词。

我们还在圣若热岛上,日子渐渐变得每天都一样,但我并不介意。吃完不早的早餐,穆迪、墨菲和我会去散步。一条步道沿着悬崖一直下到海边,一条路经过教堂贴着海岸线延伸,还有一条路就在我们家门前,可以直达海边。

穆迪和墨菲每天都会走一小段路去景色壮丽的火山石海水池中游泳。我有时候也会下水,但常常会临阵退缩。吓到我的并不是大海,而是需要爬下一条长长的梯子。我一直有点恐高。我就是那种要抓着祖母的手才敢在卡车轮胎上走的人，邻居小孩则把卡车轮胎视为游乐设施。我没跟穆迪透露过这一点。我总是忘记他已经不是曾经那个会抱怨这类事的暴躁徒步搭子了。爬梯子都会让我犹豫好一会儿。其他人却可以从陡峭的尖顶直接跳下水。下落的过程十分漫长，他们的身体像是被永久地印在了蓝天中一般。

我们走回家做午餐，然后便懒懒地躺在阴凉的露台上看书或闲聊。

穆迪跟我说起有一次他和好朋友乔一起去德国旅行，他们遇到了一个名叫查理·汗的人。查理给了他们他在白沙瓦（Peshawar，巴基斯坦城市）的家庭住址。他们一声不吭地去了巴基斯坦，正好赶上同查理的兄弟贾巴尔和巴巴尔一起参加的一场单身派对。

他在讲这个故事的时候，我感到自己心里燃起了一股怒火。

穆迪向我隐瞒了这么多年。我记起一个尤其郁闷的圣诞节前夜。当时我们在报社值班，结束后一起去吃了中餐，因为两人都孤身一人且没事可做。我们在了无生气的荧光灯下吃着油腻腻的面条，我费力地维系着我们之间的对话。请注意这个费力。他为什么没有和我讲贾巴尔和巴巴尔的故事，或是阿特塔莱先生的故事？阿特塔莱先生是穆迪童年时搬到他们附近的第一个有文身的邻居。当时穆迪七岁，那人的文身图案是一个戴着水手帽、穿着十分暴露的女性。"太震撼了。"他告诉我。

但我没有把我的不满讲给他听。当下的一切都很完美，最好还是别被"你之前怎么敢对我这么无聊！"这样的话毁了。

晚上，我们一起去吃晚餐。从来就不会出现那种累人的"你想吃什么"式的对话。方圆几英里内只有一家餐厅。路程很短——当然是要走到海边。

谷地每年一度的节庆即将开始的信号最先是由教堂门口大桶大桶的葡萄放出的，它们在等着被踩。餐厅里，我看了看活动列表，问侍者斗奶牛（cow fight）是什么活动。

"就是斗牛，只不过斗的是母牛。"她说。

这就是我们下午的安排了，除非唐纳德·莫塔给我发来消息。前一天晚上，我收到一封来自唐纳德的邮件，他是一个亚速尔裔的加利福尼亚人。我初次遇到他是在我写一本有关加利福尼亚步斗士的书之后，步斗士就是那些像多米诺骨牌一样列队在公牛面前，任由公牛撞在他们身上的斗牛士。唐纳德说这是为了延续自己的亚速尔传统。他说是他父亲最先带他去斗牛场的,在那里,老一辈的亚速尔人会喊他"莫塔之子唐纳德"。

在他父亲因肺癌去世的前夕,唐纳德在步斗士的角色中寻找到了一种"逃离"。在等待公牛的猛冲时,他能听到心跳撞击着他的鼓膜,每一口呼吸都能带来一股冲劲。

他来圣若热岛上短住以看望家人。多年来,我们常常谈起可能会在亚速尔偶遇,但我们俩都不停地规划一些从未成行的旅行计划。我立刻给他回了信。但我没收到回复。我们终于到了同一个岛上,却很可能再次错过对方。

穆迪和我来到活动举办地,在场所有人都热情地招呼我们,仿佛是认识了一辈子的老朋友。我将这一现象归为可以支撑我的"第二堂舞蹈课理论"的证据。

第二堂舞蹈课理论

在我教的舞蹈课上,第一天来上课的孩子(几乎总是女孩子)常常哭鼻子,并且不肯牵其他女孩子的手。

到了第二周,她便会满脸笑容,甚至学会了我们的"一脚前一脚后屈膝再见舞"。她那困惑不已的父母会告诉我她练了整整一周。

后来，我和摄影师去偏远的小镇做报道时，我们会前往各处介绍自己，收获的总是生硬且冷淡的接待。几天后我们再露面时，这些人都能认出我们，面露友好的表情——"嘿！你们就是那几个记者。怎么样？"

这就是"第二堂舞蹈课理论"（也被称作"一趟旅行不够报道流派"），该理论认为，在旅行时，人们不应该不停地探索，应该回到原先的地方，这样你就会发现熟悉的面孔，也能探索到更多事物。

那都是我们在日常散步中打过照面或是常去同一家店的人，他们正坐在或是倚在一段围绕着斗牛场的矮石墙上。

场地中的草地上有四个木制笼子，都比斗牛时的笼子要小得多。周围的山丘上星星点点地分布着一些黑白色的奶牛，这让我思考起了为什么他们还要专门用卡车送奶牛过来。

我的电话响了。是唐纳德·莫塔打来的。他说他刚刚和家人一起到一个斗牛场，想问问我们是否愿意在那里见面。我说当然可以，并问了那场地在哪。他报出了山丘上的那个村子的名字。

"我想你说的是斗奶牛。"我一边环视人群一边说道。

果然没错,他就在那里,啤酒帐篷的不远处。我很高兴能见到他,也很意外自己能认出他。他剪掉了在我看来标志性的长卷发。

在步斗士中,他属于尾士(*rabejador*),排在队伍的尾端。公牛向着这一列步斗士猛冲直到被撞停,每当这时,队尾的那人就要去抓公牛的尾巴,公牛会追着他绕圈跑,引得观众呼声阵阵。唐纳德总能来点锦上添花的表演,他一只手高高举在空中,双腿踢起一团团尘土,长长的卷发则会迎风飘摇。

我看过他的表演,推测他肯定会第一个翻过墙去和奶牛搏斗。

"绝不。这种大混战让我很紧张。会失控的。什么都可能发生。"他说,"而且,奶牛真的也会很凶狠。"

他们放出了第一头奶牛,它体格小且是黑色的,和那些以攻击性为培育目标的牛一样,只不过是母牛版的。它绝不是那种温顺地啃草的奶牛。

场内有十几个人,但这头牛盯上了其中一人,那人身材瘦长,戴着花呢帽,穿着淡黄色条纹的耐克运动鞋。奶牛追着他满场跑,紧紧地跟在后面。他跳上一道通向墙后的我们的斜坡。奶牛的角就在他身后。浅黄对勾鞋先生从斜坡上滚落,躲到了卡车头后面。他一消失,奶牛就立刻掉过头去了。

唐纳德说,根据民间智慧,公牛的注意力很容易被引开,但奶牛不同,它们会记住人的长相并且瞄准目标,就像有雷达一样。"你不会想要和奶牛对视的。"他说。

这一盛况让穆迪找回了作为摄影记者的自己。他爬上墙,蹲在这里又蹲在那里,像摆弄画笔一样挥动着他的手机。后来,我对着他最喜欢的作品大笑了一番。前景中是那头奶牛,浅黄色对勾鞋先生露出了一小点身影。墙上是一整排极其专注的面孔。有的双手捂着胸口,有的捂住了嘴,有的在大笑,还有的一副目瞪口呆的模样。

另一头奶牛入场。相同的场景。它挑出一个身材瘦弱的人,完全忽略其他人。他满场跑,口中还叼着一根烟。奶牛离他如此之近,他在跳过围墙时甚至还抓了它的角来借力。

"该死的,"唐纳德说,"你不会想要惹怒一头奶牛的。"

短发衬出了他那棱角分明的脸形。莫塔家族都继承了好看的长相。这让我记起了上一次在加利福尼亚见唐纳德的场景。

在特洛克,有一家加油站出售过上面写着"特洛克——以一无所有著名"字样的帽子。特洛克旁边的希尔马面积更小,那里的屋顶上画着很多葡萄牙圣人,因为这里是全美国亚速尔居民占比最高的地方之一。

我来到希尔马郊外那些没有名字仅有编号的道路旁的牧场拜访唐纳德。唐纳德和他的朋友们正在练习斗牛,我来寻找一个即将在夏天前往亚速尔的人。我在为报纸写一篇文章。

一个坐在附近干草堆上的男人对我说:"你该和我女儿聊聊。她正在考虑第一次回亚速尔,她在网上很有名。"他名叫托尼,希尔马和亚速尔有很多人取这个名字。我之前就注意到他了,因为他高大帅气,穿着错误的牛仔靴。不是那种"我对奶牛场很熟"式的靴子,而是"我来酿酒厂过周末"风格的。

我很确信,如果一个亚速尔裔的女儿在网上很出名而她父亲愿意提到这一点,那么肯定是因为她唱葡萄牙怨曲——法朵。如果一个女孩能唱法朵,那么她就能成为希尔马的网络红人。她肯定有数百名粉丝。

"她是因为什么出名?"我心知肚明地问道。

"她是个享誉全球的时尚博主。"他说。

我提过他坐在一个干草堆上吗?

"如果你计划搞垂直品牌营销,那我们可以考虑让你和贝萨妮谈谈,但我们绝对不会把权利卖给视频网站的,"他告诉我,"这是给哪里的?"

"这是给报纸的。"我说。

"纸媒!啊哈哈,"他笑道,"如果你的编辑们知道你在和我谈,他们肯定会吓得尿裤子的。"

当感受到威胁时,人们可以像毫无攻击力的小河豚试图骗过猎食者那样打肿脸充胖子。我挺直肩膀,站得笔直。

"我认为我的编辑们在听到时尚博主时能控制住他们的膀胱。我的编辑们每天接触的都是各国领导。"

"哦!"他说,"贝萨妮刚刚采访过总统。"

他拿出他的手机,给我看了一张他的漂亮女儿贝萨妮·莫塔和其他两个YouTube网红(其中一人以绿色口红而出名)与总统巴拉克·奥巴马见面的照片。

顺便说一句,河豚是一种濒危物种。

我偷偷溜进车里,在手机上查了查唐纳德的侄女贝萨妮·莫塔。她很漂亮,有着小鹿一般的眼睛。她有一百二十万Twitter粉丝、二百三十万Instagram粉丝,以及五百一十万YouTube订阅者。她杀进了《与星共舞》①的决赛。有一条新闻标题写着:"从贝萨妮·莫塔到金正恩——全球十大最具影响力的千禧一代。"

她的名声始于好物开箱视频。她会去购物然后把她买的东西——闪亮的指甲油、蕾丝印花的牛仔裤、熏香蜡烛———从袋子里掏出来,对着摄像头尖声喊道:"姐妹们!姐妹们!看!"一百万孩子在圣诞节的早上快乐地看着她的视频。

她的父亲告诉我,贝萨妮是在学校里受到霸凌后开始分享视频的。如今她尤其受到日本年轻女性的推崇,一部分粉丝将自己称作"莫塔力"(Mota-vators),会成千上万地聚集起来会见这位勇敢的购物狂们的"最高祭司"。

---

① 《与星共舞》(*Dancing with the Stars*),美国一档知名的舞蹈比赛真人秀综艺节目。——编者注

留下

穆迪和我正在吃晚餐,我们聊到了海盗,因为亚速尔曾经有不少海盗。我想要翘掉这堂中世纪历史课,转而谈我们自己。在加利福尼亚,我们已不再住在同一个地方了。他搬去了更北边的一个离他的孩子们更近的小镇上,孩子们都在他们母亲的乡村商店里工作。此外就没有进一步的意向声明了。

"那么,"我直截了当地问道,"你觉得一段融洽的感情是怎么样的?"

他的脸变得煞白。正如几年前那样。他瞬间失色的能力真是惊人。

他结结巴巴地吐出几个词,大概是问我是不是想谈谈我们之间的关系,然后*他出了一身汗*。

我没有夸张。他甚至指了出来。"看,我的额头都出汗了。"他说。

我的内心封闭了起来。我几乎能听到大门一扇扇地关上的声音。

"一时走神了,"我微笑着说,"冷静点。我会继续讲海盗故事的。"

当天晚上,穆迪入睡后很久我还醒着,一直抱着我的狗。

第二天早上,我迷迷糊糊地走进厨房。穆迪布置了桌子,放了一块鲜艳的桌布、几碗切好的水果,还有面包、酸奶和佐料。他递给我一杯刚煮好的咖啡。我喝了一口,在刚刚醒来的昏头昏脑中想着:*好吧,一小段夏日恋情也不赖。我们都是成年人了。我能接受这种疲态。*

突然间,穆迪口中涌出了一大堆话。

"你是觉得我们不合适吗?我昨晚一直在想这个问题。不过我觉得我们之间相处得不错。会不会有可能你只是想从中挖点问题出来?不过,如果说你还对别人有留恋的话……"

我—不—是—早—起—型—的。

说真的,我很难在早上拼出完整的句子,更别说分析一段感情了。

"我当然觉得我们之间不合适,"我脱口而出,"这样才有趣。"

"有趣?"穆迪问道,"好吧,我暂时能接受有趣。"

我们选了最长的那条路线走去海水池,中途还停下来看了海浪,一个钓鱼的人拿着三倍于自己身高的鱼竿在礁石上小心翼翼地走。我们做了回特塞拉岛的计划,但没有提到任何有关回加利福尼亚的事。

回到特塞拉岛,玉米已经长得很高了。紫色和粉色的绣球花丛已被整山坡的长着红色蕊喙和尖刺的黄花取代了。你可以将这种黄花从底部折下然后喝其中的花蜜。它们至少有三个亚速尔名字——仿佛一下子回到了因为很少人有车,所以间隔几英里的村子之间都用词不同的年代。它们在英语中被称作 kahili ginger(红丝姜花)。

一天下午,我们出去兜风,发现全岛的道路上都有一群群朝圣者正在走向塞雷塔。德尔乔内曾告诉我,她记得小时候这些虔诚的徒步者都是赤脚的。有些人甚至会觉得赤脚的牺牲还不够。德尔一直记得,有个裹着披肩的老妇人双膝着地,用满是鲜血的双手一路爬到了教堂。然而这群人穿的都是运动衣。有很多亮粉色和跑步鞋。就连挂着手杖、戴着葡萄牙帽的老人都穿上了荧光黄的安全背心。

这一天的天气很典型,虽然有太阳高照,但蔚蓝的天空下白云飞快地移动着,你知道天色很快就会发生变化,得抓紧时间多晒晒太阳。

穆迪和我来到舒阿大叔家,我们选了一张露台上的桌子,点了金汤力。在葡萄牙,金汤力上也会有装饰物,根据不同的金酒会选配黄瓜、橙子、青柠或杜松子。塞尔吉奥来舒阿大叔家工作前,曾在英雄港的一家高级餐厅工作,用他的话来说,他得穿得像那种"生活在冰面上的黑白小鸟"。近期,他将自己在前一份工作中收获的鸡尾酒专长应用在了舒阿大叔家原本相当传统的菜单上。

塞尔吉奥说英语时带一点英国口音,而且一直悲伤地叹着气。他所说的话友善而又体贴,但用的总是略带遗憾的语气。整个夏天里,永远都面无表情的塞尔吉奥一直在说,他很期待庆典期间餐厅关门时的假期,这样他就能好好睡上几天。

当下,他大大地叹了一口气,说他朋友打电话给他,让他和她一起去朝圣。

我说,朝圣的人竟如此之多,我原以为只有那些被恩赐了神迹的人会参与。

"是的,"塞尔吉奥说,"但这不就是指所有人吗?"

庆典季节结束了。我开车环岛时不会再撞上马路上为斗牛而设立的路障了。每周都会有更多的房子关上大门,因为移民们纷纷回家了——或者说是他们离家了?就像秋季的加利福尼亚,在旅游季结束后,天气会变得更暖和,天也会更蓝。这可以被称之为"重返校园诅咒"。

一天,我坐在窗前,努力地记着阳光在亚速尔的海面上投射下的纹理。

穆迪走过来,和我一起看向窗外。

"你该留下来,"他说,"你还没有做好回去的准备。"

我的预算只做到九月。为了不让墨菲在飞机机腹里待七个小时之久,我从加利福尼亚一路开车穿过整个美国,将车留在了缅因州的朋友家。我和穆迪说,一直留到冬天并不现实,但就在我提出异议的同时,他的想法已经在我的脑海里跳起了踢踏舞:"留下,留下,留下。"

"你从来就不讲究现实,而且你总是没什么钱,"穆迪说,"没必要操心这些对你来说本就不成问题的问题。"

他得回去了。他买了机票回去和兄弟一起旅行,还想回去看看孩子们。我休了一年假,离回去上班还有五个月的时间。我看着他收拾行李。

在舒适惬意的机场里,我开玩笑地说你终于能回加利福尼亚吃墨西哥菜和泰国菜了,而我就只能继续吃烤鱼和煮土豆。

他的航班准备登机时,他往我的手里塞了一张纸,说:"给你,拿着这个。"

他吻了吻我,并且说:"保重,马库姆。"

"我会想你的,穆迪。"我对他说。我们没有丢掉编辑部里互相称呼姓氏的习惯。

我走回车上后才发现我的手里还拿着他递给我的那张叠起来的纸。

我打开这张纸。

"未来还有更多在等着我们,"他写道,"我可能还会回来。很快就能再见到你的,无论是在加利福尼亚还是亚速尔。*Beijos*(吻)。"他署名杰克,但又把它划掉了,重新署上了*穆迪*。

我向后座上的墨菲挥了挥这张纸。(注:很多人会和他们的狗说话。不止我这么做。)

"看这个,"我说,"*Beijos*——他学了点葡萄牙语。而且他还可能会回来。"

穆迪说他对摄影已经失去兴趣了。然而在加利福尼亚，他又重新拿起了相机。他给我发来金黄色的田地的照片。曾经彻底干枯的树干上落着雨滴。窗户上凝结着水珠。水洼里有山脉的倒影。

雨。

科里海鸥

我并不是唯一停留得比预期久的那个。科里海鸥也还在特塞拉岛上。往年这个时候,海鸥宝宝们应该已经离巢了。现在已经接近十一月,在岛上还能找到少量幼鸟。

这也许是好消息:也许它们成功飞到了海上。科里海鸥濒危的一大原因就是小海鸥在初次飞向大海时总是迷路。

没有人有确切的答案。有一种理论是鸟类的飞行依赖月光和星光,现代世界的人造光源干扰了它们。其他科学家认为,可能是电磁场扰乱了鸟类的导航系统。因此,如果现在它们没有出现在道路上被车撞到或是被猫狗追捕,那么它们就应该已经安全地在海面上,也就是属于自己的天地里飞翔了。

还有一种可能性是,也许今年出生的海鸥很少。也许捕食者吃掉了海鸥蛋。也许成年海鸥没有繁衍。如果确实如此，那么这个物种的生存将受到灾难性的打击。

埃尔德是提诺塔斯乐队的主唱，也是一名生物学家，他参与了拯救科里海鸥的公益活动。他正打算去寻找海鸥巢。我将和他一起出行。

我们的徒步之旅始于塞雷塔和小村拉米纽之间的海崖沿线。晨光铺满地面和树梢。开在藤蔓上的硕大紫花如瀑布般流淌而下，在步道两边堆出一座又一座的花之丘。埃尔德对这种入侵物种的大肆侵占现象摇了摇头。我却觉得这就像是童话里的场景。

天空蒙着一层灰色的薄纱，海面是一片明亮的、绸缎般的绿松石色。山丘看起来比此前更绿——不过我几乎每天都这么想。正是这些导致我还没有准备好离开这座岛。下海崖的小路入口处并没有任何标识，说它是小路也算是很慷慨了。我再次回想起自己的恐高——在这种时候真是个大麻烦。

这条隐秘的小路被称作塔瓦雷斯（Tavares）。根据民间传说，这个名字源自很久以前住在塞雷塔的一个人。他是一名隐士，很少同邻里说话。他不参与周日的弥撒，这对他所处的时代和地方来说相当怪异。他藏书颇多，人们常常能看到他在烛光下阅读，因此，村民们猜测他是个有学识的人——也许是个误入歧途的司铎。但有时候他又会盛装打扮，穿起正装并别上勋章，人们又因此认为他曾经是名军人。

一天，塔瓦雷斯得到了神示。塞雷塔的圣母玛利亚，也就是每年都得到人们朝圣的那位，向他显灵了。她说海面之下正隆隆作响。她告诉他，除非他忏悔并且开始祈祷，否则火山就会喷发，夺去所有人的性命。

人们从此就看见他跪在地上祈祷。他的衣服变得又破又脏，他从村里的隐士变成了村里的疯子。他告诉每一个人，他只能不停地祈祷，不然就会有很多人失去生命。

我走的这条狭窄的小路两边赫然耸立着许多巨石，据说他就是在这一区域游荡时被岩石砸中了头骨。头上还嵌着石块的他一路挣扎到了村里。然后他死了。

两天后，海底的火山喷发了。1876年的海底火山喷发有详细的历史记载。喷发地离岛很近，引发的地震极其强烈，甚至改变了当地的地貌。大地推挤出新的山丘，又撕裂出深深的峡谷。但所有人都活了下来。根据传说，隐士的死打破了阻止火山喷发的防护，但他的祈祷拯救了每一个人。

这些地震并没有被遗忘。每年春天都会有一场始于拉米纽的游行。人们会举着圣灵节和天主教传统中的圣像。在一百五十年前地震的影响最为剧烈的地方,人们会跪倒在地上一起唱一首至少和地震一样古老的歌。对埃尔德来说,唱歌就像笑那样稀松平常,他在徒步途中唱了一小段。我无法理解歌词。但这首歌的旋律深深吸引了我,它的悲伤中夹杂了恬静的愉悦。

"我唱这首歌的时候身上会起鸡皮疙瘩。"埃尔德说。

他能记起小时候参加游行的场景。游行总是在天亮之前开始。

"这种感觉很怪异,"埃尔德说,"黎明到来,每个人都跪下来唱歌,领受这个古老事件曾经发生过,如今也可能再次发生的事实。小时候的我对此感到很害怕。"

成年的他则觉得这颇具启发意义。

"我是做环境教育的。我劝告大家要敬重自然。"他说,"在我跪下来唱歌时,我能感觉到——我不知道英语中用什么词来表述——就好像我脱离了自我,与其他时空连接在了一起,能够感悟到所有美丽的事物和所有的威胁。"

"我明白,"我说,"我也不知道英语中用什么词来表述。"

但我明白这种感觉。

科里海鸥

在加利福尼亚发生环火期间，每天下午空中都会形成一团巨大的火积云。人口仅六百的小城（根据加利福尼亚的标准）格罗夫兰（Groveland）的居民会站在他们的隔板房和天竺葵盆栽面前，看着火积云渐渐膨胀得比内华达山脉还高。我也会满怀敬畏地站在那里，无须言明我就明白，如果不下雨，下一场山火只会烧得更旺，而如果下雨，雨势过猛或雨量过大，那么这些烧焦的山丘就会被洪水冲刷走。一切都危在旦夕——人们已站在大灾害的边缘。然而，身边的鲜花正在花盆里盛开，松树尚未被烧毁，走丢的狗找回了家，一家餐厅开始营业，你能感到街道上的人们心怀感恩地叹息着，因为一切都仍然照常。就算只是还能再延续一小会儿。

这就是埃尔德的歌声听起来的感觉。

他放慢脚步。我们来到一片高高的灌木丛之间布满岩石露头的区域。在岩石的隐蔽处应该可以找到海鸥巢。他蹲下身朝低处的岩石裂口中望去，然后向我招招手。岩石之间很暗，我过了几秒才看清底部的白色是鸟尾巴上的羽毛，那团毛茸茸的则是鸟的身体。我能看到小而弯曲的黄色鸟喙，哦，看啊，还有两只明亮的眼睛直直地盯着我。

"它已经准备好了，"埃尔德说，"可以飞了。"

埃尔德的工作内容包括带小孩子们去远足，向他们介绍近几十年才研究发现的科里海鸥的筑巢习性。他坦言说，在这些年轻的听众面前，他会打破科学家的原则，询问孩子们如果自己是小海鸥在这种处境里会有什么感受。

"我得让他们真正关心这种动物，否则科里海鸥就要消失了。"他说，"他们之后可以再去了解成年版本。"

他告诉他们成年的科里海鸥每年都会回到岛上，回到同一个巢、同一个伴侣身边。每对海鸥会产下一枚卵。他告诉孩子们，海鸥父母会轮流去海中觅食，留下一方在巢中孵卵。到秋季时，海鸥父母会离开。海鸥宝宝会在巢中多待上几周以待羽翼丰满。随后，海鸥宝宝会感受到大自然的召唤。无需学习，全靠自己，这些幼鸟来到悬崖边，听从内心深处的声音，展翅飞翔。幸运的情况下，它们将向远洋飞去，直到遇见自己的同类。

1995年，亚速尔的地区政府发起了一项紧急救援计划以拯救这些海鸥。每年秋天，学龄儿童都会得到一份科里海鸥信息包。海报、广播、电视上都会提醒人们留意迷路的海鸥宝宝。消防站和警察局成为救助点，志愿者们会来接走康复的鸟儿并在海上放飞它们。

科里海鸥一度面临灭绝的危机，如今它们那喧闹而疯狂的求爱曲仍会是未来的一部分。

大部分有关科里海鸥的故事我都听过了。在我第一次来这里时，我极度渴望能再回来，因此把它们视为我个人的象征。我告诉我自己，我要像科里海鸥那样，明年再回来。

埃尔德找到了另一处幽静的角落，我们又发现了一只海鸥宝宝。我自己找了起来，发现了另两处巢。随后又一处。幼鸟们仍在这里。它们还没做好离开的准备。

在提诺塔斯乐队的演唱会上，埃尔德颇具感染力。他舞动着手臂转圈，将话筒对准观众让人们一起跟唱。但我从未见过他像今天结束远足时那样开心。他摇头晃脑地唱着歌。我们找到的海鸥宝宝比他预期的要多。

几周后，我带着墨菲在比什科伊图什的人行道上散步。这条小路沿着海岸线延伸，与大海之间隔着一堵矮墙。墨菲突然间扯紧了绳子，试图跳过这堵墙。我猜它又找到了一张冰激凌包装纸。它开始吠叫。我朝墙那边看去。

一只科里海鸥的幼鸟缩在角落里。它的羽毛已经长全了，和墙的灰白色融为一体。要不是墨菲，我绝不会发现它。

我不知道该怎么做。我没有盒子,我只有一只过于兴奋的拉布拉多寻回犬。

我打电话给住在下一个村子里的谢夫。他碰巧休息,正在建一个鸡窝。他说他很惊讶自己竟然能在锤锤打打之间听到电话铃。他的车里随时都放着盒子,就是为迷路的海鸥宝宝准备的。他很快就会赶来。

他到达后,对我说应该由我来捡起这只幼鸟,因为我从没这么做过。他牵住墨菲,指导我脱下雨衣当毯子用。我将雨衣盖在小海鸥身上,从脖颈处将它抓了起来。小海鸥大声抗议着,伸出它那长长的粉色舌头尖叫。我们将它装进盒子里,留出呼吸孔,盒子上盖着戳:"亚速尔群岛政府科里海鸥救援行动。"

我很激动,比我想象中自己会对一只幼鸟投入的感情要兴奋得多。

"不止如此,"谢夫说,"科里海鸥差点就永远消失了,但所有人齐心协力地来救助它们。这不是一种很美妙的感觉吗?"他问道。"每当我拯救了一只科里海鸥,我都能感到自己已无所不有。这就是亚速尔。"

我记起上一次我来这里时谢夫对着低谷中的我的笑。"向一无所有举杯。"在我抱怨了一串自己没工作、没钱、没人爱之后他如此说道。他当时就知道我会回来的,就像科里海鸥那样。

如今,多年后,他向我解释他会把我找到的那只幼鸟带回消防站。志愿者会在它的腿上绑一个脚环,等到来年它回到岛上时,我会收到一封邮件。

我告诉他,这部分是他说错了。我知道这点是因为远足时埃尔德给我讲过:科里海鸥初次离岛后,要到七年后才返回。

谢夫忽地转过头来。

"你回来前离开了几年?"他尖锐地问道。

我笑了。"七年。"我说。我对着装有海鸥宝宝的盒子点点头。

明天就会有人接走这只幼鸟,开车前往海崖边,打开盒子,抓起幼鸟,将它抛向空中,让它飞向大海。

"嘿,"我说,"向无所不有举杯。"

尾声

我的第十岛（本列表未完待续）：

  内华达山脉高处的湖泊。

  绿松石色的海。

  巨大的红杉落下团团积雪。

  第一场雨落在沙漠上后三齿拉瑞阿的气味。

  阳光。

  家人。

  变为家人的朋友。

  Chuva。

  永远、永远、永远在对岸的那座岛。

致谢

我首先要感谢的是那些与我分享了故事和时间的人,感谢书中出现的所有人。

我甚至不知道将我这个毫无名气的作家送到亚速尔群岛的第一批资助人是谁。谢谢你们。我希望这本书能够找到你们,也希望你们能了解本书的出版有你们出的一份力。

感谢两位B字头人士:我那最富洞见的经纪人邦尼·纳德尔,以及Little A出版社的巴里·哈博,正是他看好本书并且购买了版权。此外还有编辑劳拉·范德维尔,她在护送书稿走完出版流程的过程中认真细致且鼓舞人心。我要感谢Little A编辑团队中的所有人。

感谢我的好朋友卡丽·霍华德,她长久以来担任我的报社编辑,在她的帮助下本书初稿才得以成型,她在一切问题上都是对的。我们是一个团队。她是我杰出的搭档。

感谢布琳·卡拉汉,我雇她来打字,但她的才智和真诚的反馈提供了很大价值。感谢同为尼曼学者的达斯廷·德怀尔、若昂·皮纳和莉萨·莱雷尔,还有历史学家蕾切尔·诺兰,她读了我的初稿,提供了明智的建议。

感谢特奥菲洛·科塔带我展示了他眼中的亚速尔群岛。感谢科斯塔(Costa)家族让我在图洛克和特塞拉有了家的感觉。感谢弗兰克和贝尔纳黛特·科埃略把家庭住宅借给一个陌生人。

感谢芭芭拉·"塔斯"·安德森一路陪伴着我——需要时还会带来她的玛格丽特酒。感谢哈玛耶勒家族给了一个外人(odar)一个家,也感谢他们还有我的所有朋友愉快地接受了成为书中角色这件事。

最后但同样重要的是,我还要感谢马克·克罗斯,我的杰克·穆迪,在此像样地说明身份,他为这本书——也为我自己——带来了一个圆满的结局,他还会在我临近截稿日期赶稿时为我煎薄饼。

作者简介

戴安娜·马库姆是《洛杉矶时报》的撰稿人。2015年,她发表了关于美国加利福尼亚州中央谷地受旱灾影响地区的农民、现场工作者等人士的纪实报道,从而荣获普利策特稿写作奖。